ジェンダーロールの呪縛と越境

竹山友子
前原澄子
齊藤美和
西垣佐理
中川千帆

英宝社ブックレット

まえがき

本書のタイトルは「ジェンダーロールの呪縛と越境」であるが、二一世紀に生きる私たちはいまだジェンダーロールに縛られている。将来的にその呪縛から解放されるためには、先人たちの足跡をたどることが重要である。そもそもジェンダー批評は男女間格差の問題を俎上に載せるフェミニズム批評から発展したため女性に焦点を当てることが多いが、ジェンダーという言葉が示す通り必ずしも女性作家や女性表象を扱うわけではなく、男性表象はもちろんトランスジェンダー表象などいずれも含み、さらに作家の性別も問わない。本書では文学作品が一般市民の手に届き始めるようになった初期近代（主に一六、一七世紀）から二〇世紀までのテクストに表出される規範的ジェンダーロールに焦点を当て、作者も含めて性別にかかわらずジェンダーロールに縛られる姿、あるいはそれと格闘して越境しようとする姿を、五人の執筆者がそれぞれ異なる文体や時代のテクストを用いて分析する。

本書は、二〇二二年一二月一八日に甲南大学岡本キャンパスで開催された日本英文学会関西支部第一七回大会英米文学部門シンポジウム「ジェンダーロールの呪縛と越境」をもとにしたものである。序章では、司会を担当した竹山友子がテーマの前提となる規範的ジェンダーロールが築き上げられた背景を解説する。特に、人間が神の命令に背いて禁断の果実を食べる「原罪」とそれに伴う「楽園の喪失」に基づくキリスト教の女性観が、初期近代以降の英国における規範的ジェンダーロールの礎となり、その規範に女性だけでなく男性もあるいは夫婦ともども縛られ、その後長く続くことを明らかにする。その一方で、女性論争やパンフレット論争による女性擁護的な執筆活動が台頭するのもこの初期近代であり、時代が進むにつれて緩やかではあるものの着実にジェンダーロールの呪縛を解こうとする試みが広がっていくさまを提示する。

第一章からは概ね時代順およびシンポジウムの登壇順で、各執筆者による論考に移る。まず、前原澄子氏がエリザベス朝演劇『西国の美しい娘』に登場する労働者階級出身の勇敢なヒロイン像を分析する。恋人から受け継いだ商売をその才覚で成功させたのちに、男装した兵士として活躍するヒロインの描写には、中流層以上の人々を対象とするジェンダーロールの規範に当てはまらない下層階級におけるジェンダーロールの曖昧性が反映されていることを指摘する。第二章では、齊藤美和氏が一七世紀を中心に繰り広げられた化粧をめぐる言説について、男性による化粧批判の裏に隠された比喩的な意味を分析し、化粧が女の不実のみならず政治的欺瞞、謀反、罪の表象になる過程を詳説する。最後に女性による化粧弁護論を分析して、化粧が女性の創作活動であり、さらには国家繁栄に貢献する可能性もあることが示唆されていると指摘する。続く第三章では、竹山が一六世紀末の男性詩人リチャード・バーンフィールドと王政復古期の女性作家アフラ・ベーンの詩作品に見られるホモエロティシズムの問題を比較検討する。作品の背景となる古代ローマ期／エリザベス朝／王政復古期における同性愛に対する社会の対応を、法律も含めて検証したうえで、ジェンダーロールの越境に対する両者の意識の違いを明示する。第四章では、西垣佐理氏がヴィクトリア朝小説の『嵐が丘』と『大いなる遺産』における男性による看護の問題を論じる。家庭的男性性が確立し、男女の性的役割分業が明確に示されるようになった一九世紀ヴィクトリア朝において、男性による看護行為が曖昧性を持ちながらも家庭的男性性を否定するのではなく、むしろその確立に貢献していることを明らかにする。最後の第五章では、中川千帆氏が二〇世紀前半から半ばのアメリカ人女性作家による犯罪小説に見られる看護師探偵像を分析する。一九世紀以降に確立された近代的看護師の職業的立場の特性に加え、家庭内看護師という職業の特殊性を指摘する。そして、戦時における看護師および女性の役割を背景に、看護師探偵が他者の家庭再生を通して国家に貢献するプロセスを考察する。

シンポジウムにおける議論から導かれた見解は、作品中のジェンダーロールを越境する人物も現実の人々の姿と重なる部分が多々あり、背景となる時代を反映しながら徐々に変化している点である。演劇に登場する現実離れした戦う女性像にも、実在する人物の要素が多く取り入れられている。フェミニティの象徴とも言える私的な化粧が、女性の役割とは無縁と思われた国家的役割として語られたのは、劇でも詩でもなく、作家の考えが直接示される随筆においてである。また、ジェンダーロールに縛られるのは男性も同じで、むしろ同性愛においては女性のほうが国家の法的に自由な立場で、ジェンダーロールを越境できる可能性が高かったと言える。看護をキーワードにすると、看護がヴィクトリア朝の家庭を維持する夫の義務や男性性にもつながること、さらには看護師探偵像が示すように個人の健康回復だけでなく家庭の機能回復にもつながり、戦争を背景に国家的な意義を持つようになったことが作品考察から提示された。ジェンダーという大きな枠組の中で、劇・随筆・詩・小説といった様々な文体で書かれた男女双方の作家の作品に手を広げたシンポジウムとなったが、その内容を書籍の形で読者にあまねく提示することにより、ジェンダー批評の範囲の広さやさらなる可能性を示すことができれば幸いである。

先に述べたように、本書は二〇二二年一二月に開催された日本英文学会関西支部第一七回大会英米文学部門シンポジウム「ジェンダーロールの呪縛と越境」をもとにしている。二〇二〇年初頭から始まった新型コロナウイルス感染症の影響に加え、メンバーの一人である西垣氏が二〇二二年度は在外研究でロンドン在住だったため、八、九、一〇月の計三回の事前打ち合わせはすべてZｏｏｍミーティングで行った。オンライン開催となった過去二年の大会とは違い、幸いなことに二〇二二年大会は三年ぶりの対面開催となり、大会当日の直前打ち合わせでは、一時帰国した西垣氏も含めてメンバー五人が初めて直接顔を合わせることとなった。この直前打ち合わせの時間を主に各メンバー発表後に予定していた質疑応答への準備に当てたが、直前とは思えないほどにメンバー内の会話が弾み、一同リラックスした状態で本番に臨むことができた。

大会終了後に本シンポジウムは解散し、メンバーはそれぞれの職場へ戻っていった。すべてが終わって一抹の寂しさを覚えつつも安堵していたところ、年が明けた二〇二三年一月になって、武庫川女子大学教授玉井暲先生が英宝社ブックレットでの出版をご提案くださり、さらには英宝社編集長下村幸一氏を紹介してくださった。玉井先生の同僚であるメンバーの前原氏と相談しながら、折に触れて玉井先生からのアドバイスを頂戴しながら、出版企画を進めることができた。このようにして思いがけずシンポジウムの内容を書籍として残す機会に恵まれた。玉井先生のご発案がなければ本書が生まれることはなく、玉井先生には執筆者一同、心からの感謝を捧げたい。また、英宝社の下村氏には当初から細やかな対応をしていただき、そして編集から出版までご尽力いただいたこと、心よりお礼申し上げたい。

二〇二三年八月

竹山友子

目次

ジェンダーロールの呪縛と越境

序章　ジェンダーロールの呪縛と越境

竹山友子

初期近代（一五世紀末頃から一七世紀）以降の英国における規範的ジェンダーロールの礎はキリスト教の女性観で、原罪（Original Sin）と楽園の喪失に基づく。「創世記」三章において、善悪の知識の木の実を食べてはいけないという神の命に背き、まず女が蛇に唆されて木の実を食べ、それから女に勧められて男が食べた。その結果、罰として二人は楽園を追われることになった。この「創世記」の記述をもとに、新約聖書では使徒パウロが父権的な家庭訓を説く。[1]

妻たちよ、主に従うように、自分の夫に従いなさい。キリストが教会の頭であり、自らその体の救い主であるように、夫は妻の頭だからです。[2]

（「エフェソの信徒への手紙」五章二二―二五節）

女は静かに、あくまでも従順に学ぶべきです。女が教えたり、男の上に立ったりするのを、私は許しません。むしろ、静かにしているべきです。なぜなら、アダムが初めに造られ、それからエバが造られたからです。また、アダムはだまされませんでしたが、女はすっかりだまされて、道を踏み外しました。

（「テモテへの手紙一」二章一一―一四節）

このように使徒パウロの「エフェソの信徒への手紙」では、夫は妻の頭ゆえ妻は夫に仕えるべきと諭し、さらに「テモテへの手紙一」では女が教えることや男の上に立つことを許さない理由として、原罪の原因が女にあることを挙げる。

また、初期近代は人文主義者たちが社会に大きな影響を与えた時代でもある。彼らの女性観については、ヘンリー八世の長女で後に女王となるメアリーの家庭教師をしたファン・ルイス・ヴィヴェスの著作『キリスト教女性の教育』に表れている。


女性が読み方を学ぶときには、良い作法が学べる本を手に取らせるように。書き方を学ぶときは、空虚な散文やわいせつでくだらない詩歌ではなく、聖書からの厳粛で賢明で慎み深い文章や、哲学者の言葉をお手本とさせなさい。そのような言葉を書くことで記憶力がずっと良くなるのです。（中略）もし良き女性でありたいのなら、家の中にいて、他人に知られず、人前で口を慎み、他人に見られず、誰にも自分の声を聞かれないのがよろしいでしょう。（C6–C6ᵛ）

ヴィヴェスは聖書や哲学者の書物を読むよう女性に説くことで、女性への教育に理解を示しながらもその範囲を限定する。さらには教育を受けても人前では口を慎むように忠告する。このように女性の教育を推進しながらも、従来の女性観に従った論を展開していく。

　上述のヴィヴェスの論にあるように、一六世紀以降は徐々に女性への教育が注視されるようになったが、実際の女性たち、特に家庭で教育を受ける機会を持つことのできた中・上流階級の女性たちの状況を見ると、女性への教育に対して意見が割れていたことがわかる。例えば、マーガレット・モア・ローパー（一五〇五—一五四四）は父トマス・モアの方針により、ラテン語など高い水準の教育を受けた。[3] エリザベス一世（一五三三—一六〇三）はフランス語、イタリア語、ドイツ語、ラテン語、ギリシア語の教育を受けている。[4] その一方で、エリザベス女王の後を継いだジェイムズ一世は、娘エリザベス王女（一五九五—一六六二）にラテン語およびギリシア語の古典語教育を禁じた。[5] 一六一三年に『マリアムの悲劇』を出版した紳士階級出身のエリザベス・ケアリー（一五八五—一六三九）は、実家タンフィールド家では父親の理解のもと高い教育を受けたが、嫁ぎ先のケアリー家では義理の母から読書や執筆を禁じられたことが、娘の伝記に記されている。[6] ケアリーはまさに初期近代の女性教育の状況を体現していると言えよう。

一方、夫・男性側の規範はどうだったのだろうか。イングランド国教会が定める「夫の務め」が『公定説教集』に記されている。

夫たちよ、妻を自分よりも弱いもの（your weaker vessel）だとわきまえて生活をともにし、命の恵みをともに受け継ぐ者として敬いなさい。そうすれば、あなたがたの祈りが妨げられることはありません。

（『公定説教集・第二巻』一八章「結婚の状態について」[7]）

『公定説教集』を見ると、夫は妻を虐げるのではなく敬うべきと諭すものの、妻・女性は弱いものという伝統的女性観を前提にしている。その上で、女性を慈しみなさいという教えを夫にするのである。

先述したヴィヴェスはさらに『夫の役目と義務』という著作を出版している。

> 主は、ご自分の宗教の秘儀を女たちにもお許しになり、宗教以外の知識はすべて愚とされる。そしてこのように言われる。女たちは高尚な問題を知るために、そして男たちとともに至福へ向かうために創造され、ゆえに我々男と同じく指導されて教えられるべきなのだ。そして女たちは我々よりも劣るため、彼女らを教育するという義務を我々が果たさないとすれば、それは我々の過ちである。夫が女の頭（かしら）、精神、父親そしてキリストであるなら、そのような男に課せられた、女を教育するという役目を夫は遂行すべきなのだ。（Dv–Dv^{v}）

夫は妻の頭（かしら）ゆえ、夫には妻を教育する義務があり、その役目を遂行することが神の教えだとヴィヴェスは述べる。人文主義者も女・妻を教え導くことが男・夫の義務であり役目だと説くのである。

以上のようにキリスト教および人文主義に基づく男女観や夫婦観が社会で構築される中で、逸脱者に対しては共同体の処罰が存在した。懲罰椅子（cucking stool）は一六世紀半ばごろから一九世紀前半までたびたび用いられた道具で、がみがみ女（common scold）と呼ばれた口やかましい女や、不貞を働いた女などに用いられた[8]。教会や人文主義者が説くジェンダーの言説が一般社会に浸透していた証となる。また、特に一七世紀から一八世紀に共同体で盛んにおこなわれたスキミントン（skimmington）という風習は、村人たちが悪妻とその夫を祭り上げる懲罰的儀式だった[9]。人形や仮装した人物を用いて行う見せしめなのだが、重要なのは懲罰の対象が妻だけではなく、妻を指導・管理できない夫を含むことである。ジェンダーロールは共同体の監視事項だったのである。

原罪の原因であり弱きものとされた女性の立場、ジェンダーロールについて全く変化がなかったわけではなく、一六世紀中頃以降、変化の徴候があった。女性論争やパンフレット論争と呼ばれるものがそれに当たる。それらの論争に位置づけられる主な作品を以下に挙げる[10]。

ハインリッヒ・コルネリウス・アグリッパ『女性の気高さと優秀さについて』（一五四二英訳）
トマス・エリオット『善良な女性たちの弁護』（一五四〇）
ジェイン・アンガー『ジェイン・アンガーの女性擁護』（一五八九）
ウィリアム・ヒール『女性擁護論』（一六〇九）
エミリア・ラニヤー『ユダヤ人の神王、万歳』（一六一一）
バーナビー・リッチ『善良な女性たちの卓越性』（一六一三）
レイチェル・スペイト『口汚い男のための口輪』（一六一七）

コンスタンシア・ムンダ『狂犬の寄生虫駆除』（一六一七）

アンガー、ラニヤー、スペイト、ムンダは女性であり、一六世紀後半以降の女性論争やパンフレット論争の特徴は、女性擁護を女性自身が行うことである。[11] このような動きがその後の女性の権利主張・地位向上への動きへと繋がる。一六九四年にメアリー・アステルが『女性たちへの真剣な提言』を出版して、女性の性質が劣るのは教育がなされていないためとし、女性の正当な教育の重要性を説く。

私たちを悩ませる欠点の大本は、すべてでないとしても、少なくとも第一に、私たちの教育の誤りにあるのです。（二五）

このように無知と不十分な教育が悪徳の礎を築き、模倣と慣習が悪徳を養うのです。すべてを圧倒するあの無慈悲な激流である慣習。（四四）

最終的にアステルは女性が理性を涵養し、知性を身に付けるための教育施設を提案する。

一七九二年にはメアリー・ウルストンクラフトが『女性の権利の擁護』を出版する。次の主張は、女性の能力や自律性を認めないルソーら男性知識人への反論として書かれ、彼女が理想とする妻像と現実との乖離を嘆いている。

妻は、夫の存命中は自分の生計を夫からの施しに依存してはならず、夫の死後も寡婦産に頼っては
いけません。なぜなら、自身の所有物を一切持たない者がどうして寛大な人物になれましょうか。
自由でない者がどうして徳高き人物になれましょうか。妻は現状では、夫に対して忠実ではありま
すが、子どもたちを養育することも教育することもなく、妻とは名ばかりで、市民という名に相応
しい権利も持ちません。（二二七）

また、看護は女性、医術は男性という医療界における職業のジェンダー化に異を唱えるという、
当時としては類を見ないほどに画期的で、現代においても通用し得る意見を述べる。

女性はもちろん、治療の術を学んで、看護師だけでなく医師にもなれるでしょう。（二二九）

さらに、ガヴァネス（女性家庭教師）の役割はテューター（男性個人教師）とは違い、知識の伝
授よりも上品なレディの模範となることが優先されるため（山口二九八）、家庭教師職も性別で
呼称・役割・待遇が異なることを批判する。

女性に開かれた職業はほとんどなく、教養的なものからは程遠く、雑用ばかりです。優れた教育によって女性がガヴァネスとして子どもたちの教育を担当できる場合も、彼女たちは男子のためのテューターと同等の待遇は受けられません。（二二九）

一世紀前にアステルが推奨したのは、教育によって女性が理性と知恵を身に付けて堅実な生活を送ることだったが、ウルストンクラフトは、教育を女性の職業と経済的自立に結びつけて語るのである。

そして二〇世紀に入ると、ヴァージニア・ウルフが『自分自身の部屋』を発表する。直前に全成人女性の参政権が認められたこともあり、「参政権とお金ならお金のほうがずっと大切だと思う」と述べて、女性が知的自由を得るには経済力が最も重要だと主張する（四八）。この著書は「女性と小説」を題材とする講演を基にしているため、女性の経済的自立と職業、特に職業作家の問題を考察する。

アフラ・ベーンがそれ［執筆で生計を立てること］をやったのですから、娘たちは両親のところにいって「お小遣いはなくても結構です。作家になって稼ぎますから」と言うこともできるでしょう。もちろん、その後長きにわたり、返ってきた答えとはこのようなものです。「わかった、アフラ・ベーンの人生を歩むのだな！それなら死んだほうがましさ！」そして、扉はかつてない速さでピシャリと閉まったのです。（八二―八三）

このように、英国初の女性職業作家とみなされる一七世紀のアフラ・ベーンの存在に触れ、二〇世紀前半においても彼女のような生き方は難しいと語る。そして、執筆活動を支える知的自由を得るには物質的なもの、つまり経済力が女性に欠けていると主張する。

知的自由は物質的なものが頼りです。詩は知的自由が頼りです。そして女性たちは過去二百年だけでなく、原初から常に貧しかったのです。女性たちはアテナイの奴隷の息子たちよりも知的自由に乏しかったのです。ですから、女性たちが詩を書く機会などまったくありませんでした。それで、私はお金と自分だけの部屋をこれほどまでに強調するのです。（一四一）

実際にアフラ・ベーン以降、女性職業作家が増えてはいるものの、それはいまだ特殊事例だと訴える。このように、ジェンダーロールの礎は聖書へと遡り、それが規範としてイギリスさらには（その植民地となった）アメリカの人々の意識や生活を縛ることとなった。しかし、その規範に対する抵抗も特に一六世紀半ば以降に見られるようになり、規範は徐々にではあるが変化していったことが、最後に取り上げた三人の女性作家の主張に表れている。一七世紀末に教育で女性の人間性涵養を訴えるアステル、一八世紀末に女性に対する職業への門戸開放と経済的自立を訴えるウルストンクラフト、二〇世紀前半に女性の職業として作家が選択肢に入ることを期待して、詩作に必要な知的自由を得るための経済力を重視するウルフというように、彼女たちの主張の中に、ジェンダーロールの規範に苦しみながらも、少しずつ越境の試みが拡大していくさまが見て取れる。先の引用の直後にウルフは次のように続ける。

けれど、過去の名もなき女性たちの苦闘のおかげで、（中略）奇妙にも二度の戦争——ナイチンゲールを客間から連れ出したクリミア戦争と、およそ六〇年後に普通の女性に門戸を開いたヨーロッパ大戦——のおかげで、このような悪弊は改善されつつあります。（一四一）

ウルフは先人となった女性たちの規範的ジェンダーロールに対する闘いに加え、皮肉にも戦争が女性による看護を公的職務へと上昇させ、労働力不足解消のために女性の就業機会を増やす結果をもたらしたことを指摘する。時代の移り変わりとともに、緩やかではあるが着実に、ジェンダーロールに対する闘いの成果は表れ、それらは現代へと引き継がれているのである。

註

（1）初期近代英国における聖書を基盤とする男女観、特に女性観については竹山『書きかえる女たち』第一章を参照のこと。

（2）本章で扱う聖書日本語訳はすべて『聖書　聖書協会共同訳』である。聖書を除き、本章で引用する文献の日本語訳はすべて筆者によるものである。

（3）Vives, *The Instruction of a Christian Woman*, C5.

（4）Henderson and McManus 81.

（5）Lewalski 47.

（6）[Lucy] Cary 109.

（7）*The Seconde Tome of Homelyes*, Lll. iii^{v}.

（8）"Cucking stool," *Journal of the Architectural, Archaeological, and Historic Society, for the County, City, and Neighbourhood of Chester. Vol. II, 1855-1862*, 1864, p. 202.

（9）*English Customs*, 1628, plate 9. "Skimmington," *North Carolina History Project*, https://northcarolinahistory.org/encyclopedia/skimmington/. Accessed 7 Feb. 2023.

（10）女性論争およびパンフレット論争については、竹山『書きかえる女たち』第四章を参照のこと。

（11）ただし、ジェイン・アンガーとコンスタンシア・ムンダは偽名であり、作者の詳細が不明であるため、本当に女性かは定かではない（Lewalski 156–57）。

引用文献

Astell, Mary. *A Serious Proposal of the Ladies, for the Advancement of Their True and Greatest Interest*. 1694, http://reo.nii.ac.jp/hss/400000000615588/fulltext.

Cary, [Lucy]. *The Lady Falkland: Her Life. Elizabeth Cary, Lady Falkland: Life and Letters*. Edited by Heather Wolfe, RTM, 2001, pp. 102-222.

English Customs: 12 Engravings of English Couples with Verses. 1628, http://reo.nii.ac.jp/hss/400000000537218/fulltext.

Henderson, Katherine Usher, and Barbara F. McManus. *Half Humankind: Contexts and Texts of the Controversy about Women in England, 1540-1640*. U of Illinois P, 1985.

Journal of the Architectural, Archaeological, and Historic Society, for the County, City, and Neighbourhood of Chester. Vol. II, 1855-1862. 1864.

Lewalski, Barbara Kiefer. *Writing Women in Jacobean England*. Harvard UP, 1994.

The Seconde Tome of Homelyes. 1563, http://reo.nii.ac.jp/hss/400000000629262/fulltext.

Vives, Juan Luis. *The Office and Duetie of an Husband*. Translated by Thomas Paynell, 1555, http://reo.nii.ac.jp/hss/400000000627112/fulltext.

———. *A Very Frutefull and Pleasant Boke Called the Instruction of a Christian Woman*. Translated by Richard Hyrde, 1529, http://reo.nii.ac.jp/hss/400000000540725/fulltext.

Wollstonecraft, Mary. *A Vindication of the Rights of Woman. A Vindication of the Rights of Men, A Vindication of the Rights of Women, An Historical and Moral View of the French Revolution*. Edited by Janet Todd, Oxford UP, 1999, pp. 65-283.

Woolf, Virginia. *A Room of One's Own. A Room of One's Own and Three Guineas*. Edited by Morag Shiach, Oxford UP, 1998, pp. 3-149.

『聖書　聖書協会共同訳――旧約聖書続編付き』日本聖書協会、二〇一八年。

竹山友子『書きかえる女たち――初期近代英国の女性による聖書および古典の援用』春風社、二〇二二年。

山口みどり「ヴィクトリア時代のガヴァネスと女子教育改革」『三田学会雑誌』八九巻二号、一九九六年、二九八―三二〇頁。

第一章　下層階級におけるジェンダーロールの曖昧性

——『西国の美しい娘』（第一部）のヒロインをめぐって——

前原澄子

I．はじめに

どのような時代においても、ジェンダーと社会階級の問題を切り離して論ずることは不可能である。一六世紀から一七世紀にかけて、説教師や人文主義者は、妻は貞節と寡黙を守って頭である夫に従うことを聖書の言葉を反復するように標榜し、コンダクト・ブックには夫が稼ぎ手となって妻は家庭を切り盛りすることが紋切り型の理想として掲げられている。しかしながら、こうしたジェンダーロールの規範は、文字の読める中間層以上を読者に想定した家父長的理想論であり、これを実践し得たのは、夫の収入だけで生活を営むことのできた、わずかな階層であったことは述べるまでもない。工業化以前の時代において、下層の女性たちは家事をこなすだけでなく、様々な商業活動に携わることを余儀なくされていた。娘は父親の収入を補うため、或いは自ら生計を立てるために、妻は夫の収入を補うため、或いは稼ぎのない夫に代わって働くために、寡婦は自分と子どもたちが生活するために、家の外で働くことは必要不可欠だったのである。町では針子や糸紡ぎ、食品や衣服の小売り、居酒屋や飲食店の給仕として、地方では酪農や農作業の季節労働など、女性の仕事も多岐にわたっていたことがこれまでの研究で明らかにされている[1]。

また、一七世紀から一八世紀における貧民労働者階級の歴史にいち早く光を当てたK. D. M. スネルが指摘するように、当時の徒弟制度は男性だけで構成されていたわけではない。一七世紀初頭には全徒弟のほぼ半数が女性で占められていた地方もあり、一八世紀までは女性も様々な職業に従事していたことをスネルの調査は明らかにしている。さらに興味深いことに、大工、石工職人、鍛冶屋、毛皮商、肉屋といった重労働に女性が従事していた記録も存在することから、性別が必ずしも職業選択の条件ではなかったことが窺える。[2] この点をさらに掘り下げて、サラ・メンデルソンは『初期近代英国の女性――一五五〇年から一七二〇年』において、社会階級が高くなるほど男女の職業は厳密に区分され、階級が下るほど性別分業が曖昧になっていくことを指摘している（二五六―六〇）。実際に、下層のジェンダーロールの曖昧性をもっとも端的に裏づけるのは、男装した女性兵士の存在であろう。一六世紀末から一八世紀にかけて、海洋国家であるオランダやイングランドでは、貧困層の女性が生きるための最後の手段として、男装して名を偽り、軍に入隊するケースが少なくなかったことを当時の裁判記録は明らかにしている（デカー九九―一〇三）。そして、女性兵士の存在が一九世紀初頭に急速に消失したとのデカーの指摘は（九）、女性の就労が一九世紀に激減したことを示すスネルの調査と符合して注目に値する。言いかえれば、性別役割分業意識が一般社会に定着したのは一九世紀以降のことであり、その歴史は決して長いものではない。むしろ、産業革命以前の女性の労働力や経済的有用性がもっと認識されて然るべきではないだろうか。初期近代の演劇における労働者階級のヒロインを考察するに当たって、こうしたコンテクストを踏まえておくことは少なからず重要と思われる。

以下では、一六世紀末から一七世紀にかけてロンドンの大衆劇場で上演された喜劇『西国の美しい娘』(第一部)のヒロインについて具体的に考察を進めたい。ベスという名の本劇の主人公は、居酒屋の女給として生計を立てる労働者階級の娘である。やがてベスの類い稀なる美貌と優れた品行が常連客の紳士の目に留まり、両者は身分違いの恋仲になる。ある日、紳士が店で殺傷事件を起こして国外への逃亡を余儀なくされると、ベスは彼の所有する居酒屋を譲渡されて店の女主人へと転身する。店を取り仕切るベスの主体性と行動力は著しい。言い寄る数多の男性を巧みにあしらう一方で、男装して不埒な客を決闘で打ち負かし、居酒屋を大繁盛させるのである。そして恋人が異国で死んだことを知ると、彼の遺体を捜すために直ちに店を畳んで船を買い、海賊となって敵国スペインの船に立ち向かう。劇の終盤において、スペイン船から富を奪ったベスの私掠船がバーバリに寄港し、フェスの国王からエリザベス女王への賛辞を受けることから、ベスをエリザベス女王の表象と見なす批評が予てから注目されてきた[3]。しかしながら、こうした批評は劇の一部を拡大解釈したに過ぎず、ドラマの骨子はあくまでも労働者階級の娘の成功物語であることに疑問の余地はないだろう(原 一四八―五三)。女給のベスが居酒屋の女主人となって富を築き、死んだはずの恋人と異国で再会して結ばれる幸福な顛末は、劇場に集う大衆に夢と希望を与えるものではなかっただろうか。以上のような観点に基づき、本論ではベスの主体性と行動力を、下層階級におけるジェンダーロールの曖昧性に照らして考察してみたい。

Ⅱ．ベスの貞操と商売の成功

デボン州の港町プリマスの居酒屋で女給として働くベス・ブリッジは、「プリマスの花」（一幕一場一九―二〇）と呼ばれる看板娘である。[4] 美しいベスは町中から客を引き寄せ、居酒屋「城亭」は看板を掲げる必要がないほど大勢の客で賑わっている。一方、これほど人々を魅了するベスの境遇は決して恵まれたものではない。常連客の紳士スペンサーが、ベスへの恋心を友人のグッドラックに打ち明けると、「お前のような生まれと育ちの良い者が、皮職人の娘に熱を上げるなど、正気の沙汰ではない」（一幕二場一五―一七）と忠告を受ける。グッドラックの知るところによると、ベスはサマーセット州で生まれたが、父親が獣の皮を売る商いに失敗したため、職を求めてデボン州のプリマスに移り住み、居酒屋の女給として働いているというのである。しかも、ベスは「まだ一七歳にならない」（五幕一場七四）ことが、フェスの国王との会見で明らかにされる。このように、労働者階級の未成年の娘が稼ぎ手となり、経済的有用性を担っていた時代を劇の舞台とすることをまずは認識する必要があるだろう。

こうした境遇にあって、ベスが金銭感覚に優れていることは当然の成り行きである。身分は低くとも美しいベスを愛すると決めたスペンサーは、スペインの宝物船を襲撃するためにアゾレス諸島へ向かう前にベスに一〇〇ポンドを渡し、自分が戦死したらこれをベスの財産にするように言い残す。ところがこの直後に、スペンサーはベスに誹謗中傷を浴びせる客と争って殺傷事件を起こし、逃亡を余儀なくされる。スペンサーの行く末を案じるベスは、自分が受け取った一〇〇ポンドを差し出すのみならず、これまで貯蓄した五〇ポンドあまりを彼に持たせようとするのである。居酒屋の女給が当時の五〇ポンドを貯めるには節約を要したことは述べるまでもない。一方、スペンサーはベスからまとまった金は受け取らず、当面必要な金品だけを身につけて、残りの現金や所持品をすべてベスに贈与することを告げる。また、ベスに与えられるものはそれだけではない。スペンサーは、コーンウォール州の港町フォーウィに「風車亭」の名を持つ居酒屋を所有しており、その不動産もベスに譲渡するのである。こうして人生の大きな転機を迎えたベスは、フォーウィに向かうことを躊躇なく決断し、「プリマスよ、さようなら。私はコーンウォールの地で第二の富を築いてみせる」(一幕三場九〇—九一)と心に決めて新天地へ旅立つ。このように、サマーセット州からデボン州へ、デボン州からコーンウォール州へと移住を重ねて上昇を遂げるヒロインは、稼ぎを必要とする労働者階級の女性が、家に留まるどころか、州を跨ぐ可動性を有していたことを示唆するものではないだろうか。

港町フォーウィで「風車亭」の女主人となったベスは、クレムという名の少年に出会う。クレムは、ベスがこの町に来る前にワイン卸商の親方に雇われていた徒弟で、まだ年季が明けないためにベスに引き継がれたのである。あと一一年経ったら自由の身になると彼が述べることから、年齢はわずか一三歳であることが窺える。[5] クレムは初めて出会う女主人に自らの生い立ちを語る。彼の父親は近所でも評判の正直者のパン職人だったが、昨年のトウモロコシ価格の高騰で商売が立ちゆかなくなり、その年に亡くなったという。父親の正直さを自慢のように語るクレムにベスは信頼を寄せ、これ以降、彼はベスの居酒屋で良き徒弟として奉公に励む。ここで注目すべきは、ベスの徒弟となったクレムが、雇い主が女性であることに全く違和感を示さない点である。下層の暮らしにおいて労働は男女に共通の務めであり、性別役割分業意識がより希薄であったことを、ベスとクレムの関係性にも見出すことができるだろう。

一方、クレムと対照的に、ベスが女性であることに付け込む男性も劇には登場する。ラフマンと称する乱暴者の紳士は、ベスの居酒屋に客が押し寄せるのを見てベスが大金持ちになると確信し、ベスとの結婚を画策する。ラフマンの狙いがベスの財産であることは述べるまでもない。妻には財産の所有権がないため、ベスと結婚することでラフマンはベスの富を自分のものにできるからである。ラフマンは、ベスの「風車亭」が「我が邸宅、我が宮殿、我がコンスタンチノープル」（二幕一場一七）になることを夢見る。またベスの居酒屋には、ラフマンの他にも求婚者が殺到していることが以下のつぶやきから窺える。

ベス　こんなに大勢の求婚者に悩まされずに、
　　愛するスペンサーと暮らすことができたら、
　　なんて楽しく幸せな生活かしら。お金は流れるように手に入り、
　　儲けは大きいのだから。（二幕一場一四六—四九）

居酒屋の女主人にこれほど大勢の求婚者が押しかける事態には少なからず滑稽味が伴う。身分は高くとも財産目当てで結婚を望むラフマンのような男性が世に数多く存在することへの揶揄がここに窺えるのではないだろうか。ラフマンは、「ベスに言い寄る者の中には、父親がナイトの爵位を持つ者もあるらしい」（二幕一場一一—一二）と聞くと、「どうせ次男か三男だろう、俺がベスを手に入れてやる」（二幕一場一三—一四）と野望を捨てない。当時は長子相続制によって財産は長男に相続されたため、次男以下の男性は職業に就くか、結婚相手の財産を頼って生きるほかなかったことは改めて述べるまでもない。いまやベスの経済力は、家父長制によって周縁化された男性から依存されるほど揺るぎないものとなったのである。オーゲルが指摘するように、男性優位の家父長制も決して一枚岩ではないことを、ベスに言い寄る求婚者たちは象徴していると言えるだろう（一二四）。

ここで、ベスの貞操が劇において繰り返し言及されることの意味について考えてみたい。幕開

き早々、二人の船長とキャロルという名の紳士が登場し、女給のベスがどれほど美しく貞淑であるかを話題にする。船長たちは口を揃えてベスの美徳を褒めそやすが、キャロルは酒場の女給が貞淑であるはずがないと真っ向から否定する。同様に、スペンサーがグッドラックにベスの貞潔を語ると、グッドラックは酒場に身持ちの良い女は滅多にいないと答えている。これらの問答は、女性の貞操が根拠のない中傷によって否定され、貶められる危険性を示唆している。[6] スペンサーはベスを置いて逃亡する際に、「お前を多くの男性が誘惑するだろう。美しさは鋭い釣り針だ。だが、美しさと貞操が合わされば、すべての中傷を打ち負かすことができる」（一幕三場五六―五九）と述べている。ベスは、スペンサーが帰ってくるまで自分の命と同様に貞操を守り抜くことを心に誓って実行する。しかしながら、ベスの貞操はその後も執拗に試されるのである。海で瀕死の傷を負ったスペンサーは死を覚悟して、ベスに五〇〇ポンドの年金を与える遺言をグッドラックに預けるが、そこには以下のような条件がつけ加えられる。

スペンサー　ベスには以下の条件つきで私の遺産を贈与する。
　君がベスのところへ行って、
　彼女が誰からも中傷されず、良い評判を保っていたら、
　私の遺言は有効だ。だがそうではなく、

身持ちが悪いとか、淫らな生活を送っているという噂を聞いたら、
ベスに贈る遺産は君が受け取ってくれ。（二幕二場八一―八六）

ベスの貞操を立証する手がかりは、ベスの行動ではなく人々の評判である。もし悪意があってベスを中傷する者がいれば、そのスキャンダルは彼女にとって致命的な不利益となる。女性が夫や恋人から貞操を試されるモチーフは枚挙にいとまがないが、それを判断する根拠が人々の評判である点に、当時の女性の実情を垣間見ることができる。なぜなら、口承文化がまだ主流であった初期近代において、人々の評判は共同体での生活を左右するほどの影響力を持っていた。とりわけ、女性に対する性的不品行の告発は、女性の評判を著しく低下させ、市場での取引や街頭での販売を困難にした。さらにこうした中傷は、瞬く間に近隣の村や町に広がって、当事者の生活を脅かすほどの影響力を持っていたのである。[7] ベスの貞操は、市長からも「彼女の評判には汚点も傷もなく、慎み深さと汚れのない品行ですべての人から愛されている」（三幕二場三七―三九）と証言されている。言いかえれば、ベスは居酒屋という誘惑の多い場に身を置きながら、スペンサーが忠告した通りすべての中傷を打ち負かしたからこそ、店を繁盛させて大きな富を築くことができたのである。劇で繰り返し強調されるベスの貞操は、女性の性的信用と経済的信用が不可分であった時代において、彼女の商売を成功させるための絶対条件であったと考えられる。

スペンサーの訃報と遺言によって、ベスは第二の転身を遂げる。スペンサーから五〇〇ポンドの年金がベスに贈与されたことをグッドラックから聞くと、ベスは、「スペンサーの愛の余剰（surplusage of love）が、彼の不在が私にもたらす損失（my loss）を、前はただ大きいだけだったのに、今は無限にしてしまった」（三幕四場八六―八七）と述べている。年に五〇〇ポンドの遺産をもらうよりも、恋人に生きていて欲しかったという思いを、ベスがあたかも帳簿の管理を連想させるかのように、「余剰」と「損失」という言葉で表現する点は注目に値する。さらにベスは、「やってみよう。不可能なことなどない」（三幕四場八八―八九）とつぶやき、「この遺産の他にも、宝石や金銀を合わせたら四〇〇〇ポンドになるから、従業員をみんな解雇することができる」（三幕四場九〇―九二）と、直ちに次の算段に取りかかる。ベスは、異国で死んだ恋人の遺体を見つけて墓を建てるために、店を畳んで海に出ることをすぐさま決断したのである。死んだスペンサーのために行動を起こすベスへ協力を申し出たグッドラックに、ベスは八〇〇ポンドを渡して船を購入するように依頼する。そしてグッドラックは、ベスの私掠船の船長に任命されるのである。

旅立つ前に、ベスは手元の財産の分与を遺言書に書き残す。「若者の職業訓練に一〇〇〇ポンド、海難事故の救済に五〇〇ポンド、フォーウィから嫁ぐエリザベスという名のすべての娘に一〇ポンド、負傷兵の救済に年金一〇ポンド、グッドラック船長が仕事を成功させたら五〇〇ポンド」(四幕二場三一―三九)をベスは贈与するのである。[8] このように手元の財産の使い道を意のままに決定するベスが、未婚にして未亡人と言える立場にあることは重要な含みを持っている。妻が夫の財産を相続する権利は一九世紀になるまで認められなかったが、未亡人は夫の財産の三分の一を相続できたため、未亡人は女性の中で唯一、自律的に財産を所有し管理できる立場にあった。このことは、ロンドンの未亡人による当時の慈善活動がめざましかったことからも窺い知ることができる(アーチャー 一七八―二〇六)。ベスの遺言書は、ベスが自らの意志で財産を贈与できる裕福な未亡人へと転身を遂げたことを象徴すると言えるだろう。

皮職人の娘に生まれ、居酒屋の女給であったベスが店を所有して富を築き、自ら財産を贈与する未亡人へと上昇を遂げる筋書は、申し分のないサクセス・ストーリーである。しかしながら、ベスの成功を可能にしたのは、工業化以前の下層の女性が否応なく必要とした逞しさと経済的有用性であり、女性を「家庭の天使」と見なすブルジョア的なジェンダーロールの規範からは決して生まれることのなかったファンタジーであることを認識することは重要である。

Ⅲ. 男装する女性兵士の系譜

居酒屋の女主人として成功するベスは、美しく貞潔で金銭感覚に優れているだけではない。男性に伍して戦う勇気と力を兼ね備え、非道な仕打ちに対しては武器を取って立ち向かうのである。ベスの店で乱暴狼藉をはたらくラフマンが本当は臆病者であることを見抜いたベスは、小姓の衣服を身にまとい、剣を携えて戸外で彼を待ち伏せる。「男の服を着たら、男らしい気持ちになるのね」（二幕三場五―六）と、ベスは初めて男装した心境をクレムに打ち明け、次のように語る。

ベス　急に勇気が湧いてきて、
　　　野原で男に立ち向かえる気がする。
　　　これまで聞いた話を私も全部やってのけられそう。
　　　メアリー・アンブリーやウェストミンスターの背高メグのように。（二幕三場一〇―一三）

ここでベスが唐突に言及するメアリー・アンブリーとウェストミンスターの背高メグとは、当時の観客なら誰もが知っていた男勝りのヒロインの名である。「メアリー・アンブリー」は、死んだ恋人の仇を討つために男装して戦地で活躍した女性兵士メアリーを歌ったバラッドで、一六世紀末から長きにわたって大衆の間で人気を博し、数々の劇においても言及が認められる[9]。一方、背高メグはバラッドだけでなく、さまざまな媒体で人気を博した。『ウェストミンスターの背高メグの生涯と快挙』と題するパンフレットには、男並みの背丈をしたメグが一八歳でランカシャーからロンドンに上京し、居酒屋「鷲亭」の女主人に雇われて、無銭飲食をする客を懲らしめ、女主人に言い寄る男性を決闘で打ちのめすエピソードなどが綴られている。一五八二年に出版されたこのパンフレットは、一六三五年まで版を重ねた。また、バラッドのテクストは残存しないものの、一六世紀末に書籍出版業組合記録にタイトルが登録されている。さらに、フィリップ・ヘンズローの日記には、『ウェストミンスターの背高メグ』と題する劇が一五九四年に初演され、一五九七年までに少なくとも一五回上演された記録が残されている。この劇のテクストも紛失して存在しないが、他の複数の劇においてメグへの言及が認められることから、このヒロインの知名度も極めて高かったことが窺える（ガーテンバーク 五二―五三、楠 二五―二六）。

ベスは、人口に膾炙した二人のヒロインの名を挙げて、自分もこれから彼女たちのように振舞うことを観客に予告する。実際に、これに続くベスとラフマンの決闘は、背高メグが男装してスペイン人の騎士ジェイムズ卿を野原で待ち伏せて打ち負かすエピソードを彷彿とさせるものである（『ウェストミンスターの背高メグの生涯』第四章、ガーテンバーク 五四）。ベスもメグも居酒屋で働く下層階級の若い娘であり、男装して身分の高い不埒な客を決闘で打ち負かす点で酷似している。しかしながら、メグの決闘が相手に身の程を思い知らせるための戯れであるのに対して、ベスは暴力で店を支配しようとするラフマンを改悛させるために真剣勝負に挑む（ロウ 一五三）。決闘を前にベスは独白する。

ベス　私に慎みがないなどと誰にも言わせない、
　　　臆病に違いない男の勇気を試したからといって。
　　　私の使用人を打ったり殴ったり、
　　　通りすがりのメイドを蹴るような男なのだから。
　　　それどころか、ラフマンは私を支配しようとしている、
　　　私の店と所帯を支配することによって。（二幕三場二七―三二）

ベスは、自分の「所帯」を守るためにラフマンに立ち向かう。ベスの覚悟は、「所帯」の頭であることの自覚と責任を表しており、性別によって頭が決定される社会通念の実体のなさを浮き彫りにする。

一方、男装したベスから「おまえは悪党で臆病者の嘘つきだ」（二幕三場五一）と罵られて一撃を受けたラフマンは、普段とは別人のように弱腰になって、「ひどいことをなさる、私は抗議します。礼儀をお弁え下さい、私はあなたに何もしていません」（二幕三場五二―五三）と訴える。ベスは聞く耳を持たず、「そうなのか。直ちに臆病者の剣を抜いたらどうだ。さもなければ、私は男らしくおまえを殺して死体を野原に放置する」（二幕三場五三―五六）と決闘を迫る。怖じ気づいたラフマンは戦いを放棄して、命じられるままにベスの靴紐を結んで地面に横たわる。

わり、ベスに自分の身体を跨がせる。これは、ラフマンを生まれ変わらせるためにベスが考案した儀式である。しかしながら、この不名誉な出来事を誰にも知られるはずがないと見越したラフマンは、反省の色もなくベスの店で再び暴力を振るい、強い相手に決闘で勝ったと法螺まで吹いて威張り散らす。怒り心頭に発したベスは、ラフマンに紐を結ばせた靴を突きつけて虚言を暴き、今度は女の身なりでラフマンに改悛を迫る。

ベス　その剣をよこせ。お前に誓わせよう、
お前が受けたこの侮辱を晴らすことを。
さもなければ、私は女の姿でお前を棍棒で打つぞ、
通りを歩きながらお前を打ってやる。
私はベスだから、それをやってのける。（三幕一場一二一―一二六）

人前で女にたたかれる恥の恐怖にさらされて、ラフマンは不意に覚醒する。これまで眠っていた彼の勇気の炎が燃え上がり、ラフマンは過去の不名誉を晴らすために、「次に通りで出会う勇ましい奴をぶん殴る」（三幕一場一三六―一三七）と宣言し、それを茶化す紳士をその場で殴り飛ばす。このようにラフマンの変貌は、、観客の笑いを誘うべく喜劇的に演じられるが、彼の改悛が真実であったことは、ベスの私掠船の副官となった後に、「女が率いる所で従わない男は、嘲り

呪われて死ぬがよい」（四幕四場一七―一八）と述べることからも明らかである。このように、ベスとラフマンの一連のやり取りは、「男らしさ」という概念の実体を問うとともに、勇気や力の優劣が必ずしも性別では決定され得ないことを物語っている。また、メグもベスも下層階級の娘であることは偶然の一致ではないだろう。彼女たちの肉体の強さや不屈の精神は、下層の厳しい現実を生きるために否応なく培われた能力であり、階級によってジェンダーロールも異なる様相を呈することを示している。

　ベスが再び男装するのは、私掠船の一員として敵国スペインと戦う時である。女海賊に転身したベスは船長のような出で立ちで舞台に登場するが、「男の服も女の服も数多く持っており」（四幕二場八七―八八）、船上では衣服を通して両性を自在に行き来することのできる存在である。ベスは、教会に埋葬された恋人の遺体を、プロテスタントを異端視するスペイン人が運び出して野原に埋めたと聞くと、敵国スペインに対して復讐の念を燃え上がらせる。ベスの船がイングランドの守護神、聖ジョージの旗を掲げて、いよいよスペイン船との戦いに臨む際に、グッドラック船長はベスに船室に残るように命じる。ところがベスは、「船長、それは不当な扱いだ。私は戦いに立ち向かう。弾丸の音が耳に鳴り響くところで、私が皆を励ますのをお見せしよう」（四幕四場九一―九三）と宣言し、轟音の中で音楽を鳴らして味方の兵を励ます。このように、死んだ恋人の仇を討つために敵に立ち向かうベスは、「命がけで戦う兵士たちを、太鼓と笛とトランペットを鳴り響かせて励ました」メアリー・アンブリーをまさに彷彿とさせるものである（「メアリー・アンブリー」二九―三一）[10]。

「メアリー・アンブリー」のバラッドが、長きにわたってイングランドの大衆に歌い継がれたことは先述した通りであるが、男装する女性兵士をモチーフとするバラッドはこれ以外にも数多く存在した。一六世紀末から一九世紀の初頭に至るまで、女性兵士のモチーフは形を変えて存続し、大衆文化の象徴であるバラッドやチャップブックで歌い継がれたことが、これまでの研究で明らかにされている[11]。そして、女性兵士のモチーフが継続的に流行した背景には、現実世界の海や陸で男装して戦う女性兵士たちの存在があったことは否定できない。

一七二四年に出版された、チャールズ・ジョンソンの『最も悪名高い海賊の略奪と殺人の歴史』の第一巻には、二人の女海賊、メアリー・リードとアン・ボニーの生涯が克明に記されている（一三〇―四一）。ジョンソンの記述は完全に事実に基づくとは言えないものの、彼女たちが実在したことは、『キャプテン・ジョン・ラカムとその他の海賊の裁判』（一七二一）と題するパンフレットに両者の裁判記録が残されていることからも明らかである（レディカー 一〇七―一〇九）。男性を圧倒するほど勇猛な戦いぶりを見せた彼女たちは、私生児として生まれ、出自が貧しかった点において共通しており、女性兵士が下層階級を象徴する存在であったことを裏づけている。メアリーやアンのみならず、一八世紀に戦場で兵士として活躍した女性は少なくない。失踪した夫を追って男装して兵士となり、一〇年以上にわたって軍功をなしたクリスチャン・デイヴィズや、同じく夫を捜して軍に入隊し、数年間にわたって海や陸で手柄を立てたハンナ・スネルらが挙げられる。[12] 彼女らが戦場で活躍したのは、女性兵士のバラッドが人気のピークを迎えた時期であったことは、決して偶然ではないだろう。『西国の美しい娘』においてスペイン船に立ち向かう女海賊ベスは、一九世紀の初頭まで大衆の間で連綿と歌い継がれた、女性兵士の系譜のまさに最初期に位置するヒロインであったと考えられる。

Ⅳ．むすびに

女性兵士のバラッドは、夫や恋人に対する強い愛情と、男性を凌ぐ勇気や力強さを兼ね備えた女性を称えることを定番とする。すなわち、女性の心と男性の身体を併せ持ったヒロインへの賞賛である。ここには、ジェンダーロールの曖昧性を肯定する大衆文化の大らかさが窺える。しかしながら、こうした両性具有的なヒロインの存在は、一九世紀になると次第に受け入れ難いものとなっていく。一八九三年に『女性冒険家たち』と題する書物を編集したメニー・ミュリエル・ドウィーが、メアリー・リードとアン・ボニーの海賊物語を、粗野でくだらないという理由で書物から排除し、クリスチャン・デイヴィズやハンナ・スネルについても、女性が男性の衣装を身につけることに違和感を示し、一八世紀の女性兵士たちをヴィクトリア朝の女性たちの祖先と見なすことはできないと述べたことはあまりにも有名である。[13] 一八世紀の両性具有的な女性兵士たちは、受け身でか弱いことを女性らしさと見なすヴィクトリア朝の価値観からは、理解し難い存在であったことは容易に想像できる。こうして、男装する女性兵士のバラッドは、男女の役割を完全に分かつジェンダーロールの規範が優勢となる一九世紀になると、イングランドからは完全に姿を消して、以後はアングロ・アメリカのバラッドとして歌い継がれていくことになる。[14] このことは、ちょうど同じ時期に現実の戦場からも女性兵士が姿を消して、戦う部隊が完全に男性で占められるようになったこととも無関係ではないだろう。男女の役割を分かつジェンダーロールの成立と入れかわるように、虚構の世界からも現実世界からも、男装する女性兵士が姿を消したことは、極めて象徴的な現象であったと考えられる。

註

（1）工業化以前の下層の女性の商業活動については、Mendelson 256-300; Capp 26-49; McIntosh 3-13; Reinke-Williams 103-26 を参照。ジェンダーと社会階級の問題が不可分であることについては、Orgel 121-26 を参照。

（2）女性にも徒弟制度が開かれていたことについては、Snell 270-319; Fletcher 240-42; Orgel 72-74 を参照。

（3）ベスとエリザベス女王を重ねる論考の例として、Shepherd 105-106; Howard 101-17; Jowitt 125-41が挙げられる。

（4）以下、『西国の美しい娘』からの引用はすべて *The Fair Maid of the West Parts I and II*, edited by Robert K. Turner Jr.. U of Nebraska P, 1967 に拠る。

（5）一五六三年に発布された職人規制法において、徒弟の勤続年数は少なくとも七年とされ、徒弟が二四歳になるまでは年季が明けないことが定められた（『西国の美しい娘』二幕一場二七行の注を参照）。

（6）劇の冒頭からベスの貞操が疑問視されることにLowも着目し、ベスの最大の課題は目標を達成することよりも、自分の評判を維持することであると述べている(151-52)。

（7）女性にとって性的信用と経済的信用が不可分であったことについては、Gowing 59-60を参照。女性が職を得て働き続けるために、あるいは貧困の救済を受けるために、評判を無傷に保つことが不可欠であったことについては、Mendelson 296-97; Capp 212-13を参照。

（8）初期近代の女性の遺言書については、Davis 219-36を参照。

（9）本劇が上演された当時の「メアリー・アンブリー」の人気については、Dugaw. *Warrior Women and Popular Balladry, 1650-1850*, 31-33を参照。

（10）『西国の美しい娘』（第一部）と「メアリー・アンブリー」のバラッドとの類似性については、Roberts 19-23、Burwick 125を参照。

（11）「メアリー・アンブリー」をはじめ、男装する女性兵士の数多くのバラッドが、一六世紀末から一九世紀初頭に至るまで人気を博して歌い継がれた経緯については、Dugaw. *Warrior Women and Popular Balladry, 1650-1850*, 15-90を参照。

(12) Rediker 113-15; Wheelwright, *Amazons and Military Maids: Women Who Dressed as Men in Pursuit of Life, Liberty and Happiness* 167, 170-71.

(13) Wheelwright. ""Amazons and Military Maids:" An Examination of Female Military Heroines in British Literature and the Changing Construction of Gender." 499-501; Dugaw, "Female Sailors Bold: Transvestite Heroines and the Markers of Gender and Class." 47-48; Stanley 196.

(14) Dugaw, "Anglo-American Folksong Reconsidered: The Interface of Oral and Written Forms." 83-103.

引用文献

Archer, Ian W. "The Charity of London Widows in the Later Sixteenth and Early Seventeenth Centuries." *Local Identities in Late Medieval and Early Modern England*, edited by Norman L. Jones and Daniel Woolf. Palgrave Macmillan, 2007, pp. 178-206.

Burwick, Frederick and Manushag N. Powell. *British Pirates in Print and Performance*. Palgrave Macmillan, 2015.

Capp, Bernard. *When Gossips Meet: Women, Family, and Neighbourhood in Early Modern England*. Oxford UP, 2003.

Davis, Lloyd. "Women's Wills in Early Modern England." *Women, Property, and the Letters of the Law in Early Modern England*, edited by Nancy E. Wright, Margaret W. Ferguson and A. R. Buck. U of Toronto P, 2004, pp. 219-36.

Dekker, Rudolf M. and Lotte C. Van de Pol. *The Tradition of Female Transvestism in Early Modern Europe*. Macmillan P, 1989.

Dugaw, M. Dianne. "Anglo-American Folksong Reconsidered: The Interface of Oral and Written Forms." *Western*

Folklore, vol. 43, no. 2, 1984, pp. 83-103.

———. *Warrior Women and Popular Balladry, 1650-1850 With a New Preface*. The U of Chicago P, 1996.

———. "Female Sailors Bold: Transvestite Heroines and the Markers of Gender and Class." *Iron Men, Wooden Women: Gender and Seafaring in the Atlantic World, 1700-1920*, edited by Margaret S. Creighton and Lisa Norling. The Johns Hopkins UP, 1996, pp. 34-54.

Fletcher, Anthony. *Gender, Sex and Subordination in England 1500-1800*. Yale UP, 1995.

Gartenberg, Patricia. "An Elizabethan Wonder Woman: The Life and Fortunes of Long Meg of Westminster." *Journal of Popular Culture*, vol. 17, no. 3, 1983, pp. 49-58.

Gowing, Laura. *Gender in Early Modern England*, Second Edition. Routledge, 2023.

Heywood, Thomas. *The Fair Maid of the West Parts I and II*, edited by Robert K. Turner Jr.. U of Nebraska P, 1967.

Howard, Jean E. "An English Lass amid The Moors: Gender, Race, Sexuality, and National Identity in Heywood's *The Fair Maid of the West*." *Women, 'Race', and Writing in the Early Modern Period*, edited by Margo Hendricks and Patricia Parker. Routledge, 1994, pp. 101-17.

Johnson, Charles. *A General History of the Robberies &Murders of the Most Notorious Pirates. Key Writings on Subcultures, 1535-1727*, vol. IV, edited by Arthur L. Hayward. Routledge, 2002.

Jowitt, Claire. "Elizabeth among the Pirates: Gender and the Politics of Piracy in Thomas Heywood's *The Fair Maid of the West*, Part I." *The Foreign Relations of Elizabeth I*, edited by Charles Beem. Palgrave Macmillan, 2011, pp. 125-41.

Low, Jennifer A. *Manhood and the Duel: Masculinity in Early Modern Drama and Culture*. Palgrave Macmillan, 2003.

Mary Ambree. Reliques of Ancient English Poetry, vol. II, edited by Thomas Percy with a New Introduction by Nick Groom. Routledge, 1996, pp. 212-16.

McIntosh, Marjorie Keniston. *Working Women in English Society, 1300-1620*. Cambridge UP, 2005.

Mendelson, Sara and Patricia Crawford. *Women in Early Modern England, 1550-1720*. Clarendon P, 1998.

Orgel, Stephen. *Impersonations: The Performance of Gender in Shakespeare's England*. Cambridge UP, 1996.

Rediker, Marcus. *Villains of All Nations: Atlantic Pirates in the Golden Age*. Beacon P, 2004.

Reinke-Williams, Tim. *Women, Work and Sociability in Early Modern London*. Palgrave Macmillan, 2014.

Roberts, Warren E. "Ballad Themes in *The Fair Maid of the West*." *The Journal of American Folklore*, vol. 68, no. 267, 1955, pp. 19-23.

Shepherd, Simon. *Amazons and Warrior Women: Varieties of Feminism in Seventeenth-Century Drama*. The Harvester P, 1981.

Snell, K. D. M. *Annals of the Labouring Poor: Social Change and Agrarian England, 1660-1900*. Cambridge UP, 1985.

Stanley, Jo, editor. *Bold in Her Breeches: Women Pirates Across the Ages*. Pandora, 1995.

The Life of Long Meg of Westminster: Containing the Mad Merry Prankes Shee Played in her Life Time, not onely in Performing Sundry Quarrels with Divers Ruffians about London: But also How Valiantly She Behaued Her Selfe in the Warres of Bolloingne. London, 1635.

Wheelwright, Julie. ""Amazons and Military Maids:" An Examination of Female Military Heroines in British Literature and the Changing Construction of Gender." *Women's Studies International Forum*, vol. 10, no. 5, 1987, pp. 489-502.

———. *Amazons and Military Maids: Women Who Dressed as Men in Pursuit of Life, Liberty and Happiness.* Pandora P, 1989.

楠明子『英国ルネサンスの女たち——シェイクスピア時代における逸脱と挑戦』（みすず書房、一九九九年）。

原英一『〈徒弟〉たちのイギリス文学——小説はいかに誕生したか』（岩波書店、二〇一二年）。

第二章　すっぴん崇拝と初期近代の化粧談義

齊藤美和

I．ありのまま（？）で美しく——顔と詩の装い——

二〇二一年一月一三日付の朝日新聞朝刊に、『「ありのままの姿」って』と題されたコラムが掲載された。昨今の「ありのままが美しい」という風潮の広がりに、三人の論者がそれぞれの立場から発言しているが、以下はそのなかのひとり、ファッション研究者の藤嶋陽子氏の言葉である。

実際に「ありのままで美しく」いることは難題です。日本社会は「素」へのあこがれが強く、化粧ではなく、すっぴんでの美しさが高く評価されます。一方で、「素」と「ありのまま」は完全にイコールではないところがあります。例えば、「すっぴん風」「透明感」といった化粧の技法が求められる。何もしなくていいわけではないのです。[1]

時代も国も大いに異なるが、初期近代の英国にあっても、詩人たちが女の容姿を褒め上げるとき、それが飾りのない天性の美貌であることが明に暗に仄めかされ、ありのままで美しいことが、女性たちに執拗に求められたことに変わりはなかった。例えば、リチャード・クラッショウ（一六一三？—一六四九）は、彼の詩「（理想の）恋人に望むこと」（一六四六）において、[2]女に法外な高望みの数々を突き付けている。すなわち、「その顔は本来の美しさで飾られているときに／最も際立ち」（lines 25-26）、「自然の白い手が陳列するもののみで／店から仕入れた化粧品では／造られていない顔」(lines 28-30) であること、色づいた頬は「一切、化粧箱の世話にはなっていない」(line 36) こと、「唇は一日中／恋人のキスがそこで戯れても／少しもはげ落ちない」(lines 37-39) ことなどなど、「自然 (Nature) の名声が大いに高まり／技巧と装飾 (Art and ornament) が面目を失する」(lines 98-99) ような天然の顔でいてほしいと、詩人は恋人に請い願うのである。

このような「すっぴん崇拝」の高まりは、当時、女の化粧が見慣れたものであったことの裏返しである。化粧した女の顔、あるいは女が化粧をする行為への言及は、一七世紀の文献を紐解けば、枚挙にいとまがない。ジョン・ダン（一五七二―一六三一）が、社会通念や常識を真っ向から覆すことに挑んだ『パラドックス集』（一六三三）の第二番に、「女は化粧すべし」を掲げているることをとってみても、[3] 当時、化粧が女の慣習と見なされていたこと、そしてそれが世間で批判のやり玉に挙げられていたことの、ひとつの証左となるであろう。

先の朝日新聞からの引用に今一度立ち戻り、もうひとつ着目しておきたいのは、ありのままというのは何もしなくていいというわけではなく、「すっぴん風」にするための化粧の技法が求められる、という藤嶋氏の発言である。「ナチュラル・メイク」という言葉があるが、考えてみれば、これほど矛盾した表現はなく、「自然」に見せるために、高度なテクニックを駆使した「技巧的なメイク」に勤しまねばならないというのは、ナチュラル志向の皮肉な内実といえるだろう。

初期近代の文献で化粧が話題に上るとき、頻出する語として'ornament'や'colour'があるが、これはレトリックの用語でもある。ジョージ・パトナム（一五二九―一五九〇）が、詩における「文飾（ornament）」の適切な使用法について講じた『英詩の技巧』（一五八九）第三巻において、紅は塗るべきところ、すなわち唇や頬に塗らずに、額や顎に施せば、まことに滑稽な代物になるという譬えを用いた同巻第一章の一節は[4]、この時代の化粧を論じる際、しばしば言及される。[5] パトナムは、"art"の腕を振るう"maker"として、詩人と化粧する人を同類と見なしているようだ。次の引用は、同じく第三巻の最終章第二五章からで、化粧への言及はないが、その章題は、「優れた詩人、あるいは"maker"は、その技巧を隠すものであること。また、どのような場合に自然であるより人工的であることが推奨されるか、さらにその逆について」である。

我が国の宮廷詩人たちが装う者（a dissembler）であってよいのは、詩人としての技巧（art）をさり気なく使うときのみである。すなわち、最も技巧的であるときにそれを覆い隠し、習得した規則を適用して書いているのではなく、あたかも自然に書き上げているかのように、装うときである。（三八二）

ここでパトナムは、詩人に対し、人工を巧みに「覆い隠し（disguise and cloak）」、あたかも自然であるかのように見せかけること、いわゆる'sprezzatura'を推奨しているが、これはまさにナチュラル・メイクが目指すところと同じで、従って仕上がった作品は、"be natural" ではなく、"seem natural" であるということになる。修辞的技巧を隠すことを、「すっぴん風」の女性の美しさに譬えることは、おなじみの修辞学上のトポスであったが[6]、顔と詩のナチュラル・メイクには、「飾り」で装ったうえ、さらにそれを隠して「素」を装うという、二重の "disguise" あるいは "art" が、秘められているのである。

このように、それが厚化粧であれ、洗練されたナチュラル・メイクであれ、化粧とは「技巧(art)」で相手を欺く偽装であると認識されていた点において、違いはなかった。ウィリアム・シェイクスピアは「ソネット二〇番」で、化粧という顔の装いを心の偽りと対応させている[7]。詩人が語りかける男の「あなた」は、「女の柔和な心」をもちながら、女の特質である「移り気」とは無縁の、「男であり女であるお方(the master mistress)」と呼ばれる。

あなたの顔は、自然が自身の手で描いた女の顔だ
私が熱い思いを寄せる、男であり女であるお方よ。
女の柔和な心をもちながら、不実な女の常たる
移り気とは無縁のあなた。(Sonnet 20, lines 1-4)

一般に、化粧の是非をめぐる議論は、自然と人工、真実と偽り、実体と見せかけ、簡素と装飾と

いった、二項対立を軸に展開する。一行目の「自然が自身の手で描いた」とは、人工的に何も加えられてはいない、つまりはノー・メイクの顔という意味であろう。わざわざそれを断るのは、「女の顔」には化粧が施されているもの、という前提があるからだ。化粧とは、自然によって「描かれた（painted）」顔の上に、さらに女が自らの手で上塗りする欺きであり、三行目から四行目にかけて、素顔を偽る化粧が、女という性に備わる「不実（false）さ」と結びつけられ、外見上の嘘である化粧と共に、その下に潜む内面の欺瞞が揶揄される一方、素顔の「あなた」の「実直（less false）さ」（line 5）は、その対極に置かれる。

Ⅱ．図像（pictura）としての化粧した女

化粧した女は、不実の表象として頻繁に用いられ、見せかけの美しさに惑わされるなと警告が発せられてきた。男の化粧も女の化粧と同様、当時批判にさらされていたが、しかしながら、男の化粧を批判する場合、「女々しい（effeminate）」という語が繰り返し用いられることから、やはり、化粧を女の性と結びつける傾向が強かったといえるだろう。[8]

ジョージ・ウィザー（一五八八―一六六七）の『古今エンブレム集』（一六三五）第四巻二一番は、化粧についての作品である。[9] エンブレムとは、図像（pictura）と詩句（subscriptio）を組

み合わせた文芸形式であり、通常、これに端的に主題を提示する標語（inscriptio）が添えられる。二一番の場合、「外見の美しさには、内面の醜さが潜むことがある」がその標語であり、図像には、豪華な衣装に身を包み、顔の前に仮面をかざす女性の姿が描かれている。エンブレムの図像は、単なる挿絵というよりは、しばしば視覚的比喩として機能し、詩句はそれが何の譬えなのかを解き明かして、人生における教訓や真理を読者に開示する。二一番の詩句はまず、派手な衣服と若作りの厚化粧の下には、醜く老いた顔が潜んでいる、と図像を描出したあと、「美しく装い、外面を誠実そうに見せる者は／実は内面が醜い」（lines 8-9）と、外から内へと視点を移し、「美しい友情（sweet *Friendship*）」には「醜い謀反（ugly *Treason*）」が潜むことを、このエンブレムから学べと助言を与える。

そのような者たちは、言葉を吟味し、役割をうまく演じるが
しかし、心には非常に忌まわしい企みを秘めている。
そして、美しい友情を抱擁しようと思ったそのとき
あなたは、醜い謀反と鉢合わせすることになる。（lines 11-14）

この詩の最後は、「されば、飾り立てた衣服も、化粧した顔も、信じるな」（line 30）で結ばれる。このように、「塗りたくった女の顔」は、見せかけの友情や忠誠心を視覚的に表象するに

は、実にうってつけの道具立てであり、同時代人にはなじみの比喩であった。そして化粧はその見せかけの下に、ただ不実と呼ぶには、あまりに重大な欺きを秘めていることがあった。

'being' と 'seeming' の芝居『ハムレット』三幕一場では、[10]ポローニアスがオフィーリアに祈祷書を手渡しながら、「それを読んでおれば／一人でいることを／ごまかす（colour）ことができるであろう」と言い、「我らは皆、信仰深い顔つきや／敬虔な振る舞いで、悪魔の本性に／砂糖をまぶす（sugar o'er）ものだからな」（三・一・四三―四八）と言葉を補う。"colour" と "sugar"、つまり「色づけ」と「味つけ」の取り合わせは、「化粧」と「料理」をそれぞれ「体育術」と「医術」に見せかけた似非技術であるとしたプラトンの『ゴルギアス』にまで遡らずとも、[11]英国で一七世紀に出版された女性向けの実用書にも見られ、たとえば、一七世紀初頭から半ばまでの間に二〇以上の版を重ねたというヒュー・プラットによるレシピ本（原題 *Delightes for Ladies to adorne their Persons, Tables, Closets, and Distillatories*）は、女を「飾る」ことに喜びを覚える性と見なし、顔と食卓を飾り立てることに余念がない女たちのために、技術未満の家庭の 'art'、すなわち化粧と料理のレシピをセットで提供して、素材に人工的に手を加える技を伝授した。[12]もっとも、こうした書のレシピを見る限り、自家製の化粧品と料理は、材料においても作り方においても大差なく、エリザベス一世の化粧水には、卵やケシの実と一緒に砂糖も混ぜられていたというのだから、[13]"colour" するも、"sugar o'er" するも、同じといえば同じといえるだろう。

さて、娘を「色」あるいは「砂糖」で偽装させ、ハムレットの前に放とうと言うポローニアスだが、国王クローディアスは彼の言葉に敏感に反応し、続く独白で化粧と美辞を対応させ、「厚塗りの化粧（art）で美しく見せかけた／娼婦の頬は実は醜いが、それ以上に醜いのは／仰々しく塗り立てた（paint）言葉で偽装した、余の行いだ」（三．一．五〇―五二）と、自らを化粧で素顔をごまかす娼婦に譬える。すると、この直後の「尼寺の場」で、今度はハムレットが、「お前たちの化粧については飽きるほど聞いている。神が与えたもうた顔を、お前たちは別の顔に作り変える」（三．一．一四一―四三）という、かの台詞を、オフィーリアに向かって言い放つ。この場面を一種のエンブレムと捉え、オフィーリアは、直前のクローディアスの台詞の「娼婦」を具現化した、いわば図像（pictura）として登場させられていると見るならば、ハムレットの攻撃の矛先は、オフィーリアやオフィーリアを含む女一般に向けられているというよりは、彼女を陰で操っている父親ポローニアス、ひいては国王クローディアスに向けられているのであり、うわべはよき継父、よき国王を装いながら、兄を毒殺したうえ素知らぬ顔で王座に納まっている謀反人を化粧した女になぞらえ、「偽善者を信じるな」と警告を発っしていると解釈することができるだろう。[14]オフィーリアの化粧した顔は、単に女の欺瞞を映じているのではなく、王国全体を揺るがす政治的問題、すなわち、現国王の謀反の視覚的比喩として、突き付けられているのである。ちなみに、『ハムレット』Ｑ１（一六〇三）では、クローディアスがハムレットの暗殺を企てていたという事実を、ホレイショから聞かされた王妃ガートルードが、「悪事に砂糖をまぶした(sugar o'er)ような王の顔には/なるほど謀反(treason)が浮かんでいる」(一四.一〇—一一)と応えており[15]、クローディアスの顔に直接、砂糖がまぶされているのは、興味深いところである。

Ⅲ.女による女の化粧弁護——マーガレット・キャベンディッシュ「化粧について」——

男が女の化粧の害悪を説くとき、たとえば原料の有毒成分による健康上の弊害などを俎上に載せることもままあったが、化粧それ自体というよりは、偽善や虚栄心など、往々にして何か別の概念や事象に置き換えられて糾弾された[16]。「化粧する」は、「偽る」や「謀る」に、いとも容易に変換されたのである。先ほど引用したパトナムによれば、「装飾(ornament)」としてのあらゆる修辞的文彩は、「故意に耳や心を惑わす(deceive)ために用いられる」一種の「欺き(abuses)」(二三八)であり、比喩とは「言葉の本来の意味を、自然(natural)とはいえない別の意味」に「移し替える(transport)」技巧であった(二六二—六五)。クローディアスの場合がそうであったように、化粧した女の顔は、脛に傷もつ男が自己を投影する鏡として掲げられ、あるいはまた、ハムレットの場合がそうであったように、女の装う行為は、男の背信という別の意味にすり換えられて攻撃された。つまり、男による化粧批判そのものに、比喩的「欺き」が潜んでいたといえるだろう。舞台ではなく、現実に例を求めるならば、トマス・テュークによる『反化粧論』（一六一六）は、当初ブロードサイド版で出回っていたパンフレット「絵の絵――化粧した女の人物像――」と合本で出版され、一六一三年のサー・トマス・オーヴァーブリ暗殺事件で毒殺の共犯とされた、アン・ターナーの姿をそこに浮かび上がらせる。[17]タイトルの「化粧（painting）」は、その本来の意味が、何に移し換えられているのか。それは書の副題『殺人と毒殺、高慢と野心、姦通と魔術への抗議』が、端的にリスト化して示している通りである。「エピグラム――天然痘に宛てて――」のなかで、ベン・ジョンソン（一五七二―一六三七）によって、天然美人を堕落させた美容指南として、ヒュー・プラットと共に名指しで糾弾されたアンは、化粧した女の代名詞として数々の罪の責めをその身に負わされ、絞首刑に処せられたのである。[18]

マーガレット・キャベンディッシュ（一六二三―一六七三）は、『雑録集』（一六五五）に含まれるエッセイ「化粧について」において、女性の立場から化粧弁護を展開する際、化粧した女を偽善や高慢といった内面のメタファーにはせず、彼女たちの存在が実際に社会で果たしている役割に光を当てることで、それまでの化粧批判に対抗しようとする。[19]『雑録集』は、もともと備忘録（commonplace book）的な書き物であり、従って一貫した主張をなすというよりは、`pro' と

contra が並置して示されることが多いが、「化粧について」に関しては、「私の見解は、これまでのところ被告側にある」(八六)と述べ、全体として化粧を擁護する側に立つ。[20] サミュエル・ピープス(一六三三—一七〇三)は『日記』(April 26 1667)に、マーガレットがニキビ跡を隠すために、当時流行のパッチを口の周りにたくさんつけていたと記している。[21] 彼女もまた、「ありのままで美しく」あることの困難さを感じていたひとりであったかもしれない。マーガレットは「化粧について」の冒頭でまず、化粧談義ではおなじみの「自然」と「人工」という二項対立に基づき、「(技術によって)自然の欠点を補うことは、自然にもとることではない」(八四)と、「人工」を擁護する見解をもち出したあと、自然界にないものを新たに人工的に創り出す「発明家(Inventer)」(八四)として、武器を作り出す男と化粧で顔を造る女を、同じ土俵に立たせている。

新たな人工物(Arts)を考案した者は高く評価され……例えば、禍を招く火薬や銃、剣、その他あらゆる武器といった人工物を考え出した者たちの名は、この世に残る。このような者たちは、化粧や巻き毛、その他装身具などの、人工物や装飾品を発明した者たちより、称賛され、讃えられてしかるべきであろうか。前者は人類を滅ぼすが、後者は人類を増やす。一方は愛をもたらすが、他方は憎悪を生む。(八四)

戦場の剣が民の命を奪う男の〝Art〟であるならば、私室の化粧筆は人口を増やす生産的な女の〝Art〟というわけである。化粧が男を喜ばせ、愛情を増幅させるという点に関しては、先ほどのクローディアスの台詞にも、「厚塗りの化粧で美しく見せかけた娼婦の類」という表現がみられたが、化粧する女は、男の欲望を掻き立てる娼婦であるという考えが、化粧反対論者によって説かれてきた。[22] このような、欲望を抱く側ではなく、それを抱かせる側に責めを負わせようという男性中心の論理に対し、マーガレットは、「化粧は邪な欲望を生み、男を誘惑する女郎屋である」という見解は承知しているが、男に欲望を抱かせるなというのなら、汚泥まみれの豚にでもならねばと応じ（八五）、化粧と売春を同一視する風潮に異を唱える。ハムレットは、化粧で偽る不実な女といっしょになる結婚などという習いは、もうやめだとうそぶくが（三・一・一四六）、対するマーガレットは、化粧によって未婚女性ならよき伴侶を得、既婚女性なら夫がよその女に目移りすることを防ぐことができるという利点を挙げ、女は「法に適った」愛情を温めるために、顔に人工的に化粧を施すのだと主張し（八五）、化粧が結婚制度を維持し、社会に安定をもたらすことに資すると強調することで、女の化粧を公益と位置づけようとする。[23]

このように、結婚という制度の内であれ外であれ、結局のところ、ダンの化粧擁護と同様、身を飾り、男を喜ばせる性という女のあり方を是として化粧を弁護するマーガレットは、当時のジェンダー・ロールの枠組みにとどまって議論を展開しているようにも思われる。しかしながら、彼女の化粧弁護論の要は、ジェンダー・ロールの枠組みを利用しながら、それを超え出て、女性の領域を拡張していくところにある。すなわち、「装うことは、もてる空想（Fancyes）を示すという点において、女の詩である」（八七）。この主張は、当時、女の領分ではないとされた詩作に代わり、女性が手を染めることを許された創作活動として、化粧を定義するものである。ハムレットに代表される化粧反対論者たちによって、女が顔を「塗る（paint）」行為は、自然、あるいは神の作品に手を加える、傲慢・不遜と非難されてきた[24]。しかしながら、女が顔を造ることに創意工夫を凝らすことは、自然界に存在しないものを新たに作り出すために、男たちが自在に「創意（invention）」を働かせて詩作することと、何ら変わらぬ営みであるということを、マーガレットはここで読者に気づかせる。実のところ、『雑録集』に付された「読者への序文（The Preface to the Reader）」のなかで、彼女は料理のイメージで男女の脳の違いを語り、空想が「身を装う」ときだけではなく、女流作家が「ものする」際にも働くという考えを示している。すなわち、「男の脳にしたように、自然が女の脳にはそれをこねて至高の理解力という生地にしたり、想像力（Imaginations）という強いスパイスを加えたりはしなかったとしても、その代わりに、甘い空想の砂糖（Sugar of sweet conceits）を混ぜたのです」（A5ᵛ）。自然という料理人によって女性の脳に混ぜ込まれる「空想（conceits）」は、男性の脳に添加される刺激の強い「想像力」と対比され、「甘い」という女性的形容詞を伴って、「砂糖」に譬えられている。夫ウィリアム・

キャベンディッシュが妻と足並みを揃え、「読者への序文」に続く「献呈詩（"To the Lady of *Newcastle*, upon her Book Intituled, *The World's Olio*"）」（A6v）のなかで、本書に含まれる多様なエッセイを宴会で供されるもてなしの料理の数々に譬え、著者である妻マーガレットを、招かれた客である読者のために「空想（Phancy）という香料で味つけした」（line 6）「機知の料理（Wits Dish）」（line 4）に腕を振るう女主人に見立てていることからしても、マーガレットが "conceit" を "fancy" と同義で用いていると考えてよいだろう。[25]『雑録集』の二年前に出版した詩集『詩と空想』（一六五三）の「婦人方への前書き」のなかで、「詩は空想（Fancy）の上に築かれるものであり、従って女性はそれが自分たちにこそ、ふさわしい仕事であると主張できます。なぜなら、女性の脳は平素から空想的な（Fantasticall）動きをするからです」（A3r）とマーガレットが述べていることと考えあわせると、装うことは女にとっての詩であると主張した上の一節は、ごく控えめに詩の代わりに化粧を女に割り振りながらも、女流作家の "Fancy" の潜在力を示唆するものだと考えられる。苦味をごまかすだけのポローニアスの砂糖とは異なり、マーガレットの砂糖は、女の脳に創作する力を与えるのである。

マーガレットはさらに、女の装いは一国の経済と政治の行く末さえ、左右すると唱える。

また、装うことによって、より多くの民に職がもたらされる。というのも、四分の三にあたる割合の民が、装飾術に関わっているからだ。すなわち、仕立て屋、縫取り師、香水商、夫人用帽子屋、羽飾り屋、宝石商、服地商、絹織物商、裁縫師、靴屋、頭飾り屋、などなど、その他多くの職だけではなく、これらすべての商いには、さらにそれに関わる多くの商売がある。例えば、蚕と婦人用ガウンとの間にどれほど多くの商いがあることか。金鉱とガウンの金モールとの間に、どれほど多くの商売があることか。その他の商売についても同じことだ。このようにして、民は商いのことで頭がいっぱいになり、党派心や陰謀を抱く暇もなくなるため、国をひとつにまとめあげておくことが可能になる。しかもそれにより、王国中が広く維持される。特定の産業や商業がなければ、国は立ち行かないものだ。(八七)

女が装うことで、ファッション産業は多岐にわたるあまたの関連産業を生み出し、雇用を創出する。それにより経済活動が活性化し、国家が繁栄するばかりではなく、民が商売に没頭することで、国の安寧を脅かす党派争いや「陰謀(Designs)」も鳴りを潜め、結果、体制の存続維持が容易になるとマーガレットは主張する。このとき、化粧という「女々しい」営為は謀反の比喩であることを止め、翻ってそれを抑止するための、実質的手段となるのである。

*本論考は、『欧米言語文化研究』第一〇号(二〇二二年、一二月三〇日)に掲載の論文に形式

上の変更・修正を加えたうえ、転載するものである。

註

（1）藤嶋陽子「多様な美?痛み変わらず」『論の芽――「ありのままの姿」って』朝日新聞、二〇二一年一月一三日付朝刊、一三頁。

（2）Richard Crashaw, "Wishes. To His (Supposed) Mistresse," *The Complete Works of Richard Crashaw*, edited by Alexander B. Grosart, vol.1, London, 1872, pp. 252-58.

（3）John Donne, "Paradox II. That women ought to paint themselves." *Paradoxes and Problems*, edited by Helen Peters, Clarendon P, 1980, pp. 2-4.

（4）George Puttenham, *The Art of English Poesy*, edited by Frank Whigham and Wayne A. Rebhorn, Cornell UP, 2007, p. 222.

（5）Frances E. Dolan, "Taking the Pencil out of God's Hand: Art, Nature, and the Face-Painting Debate in Early Modern England," *PMLA*, vol.108, no.2, March 1993, p. 226. Dolan は、化粧とレトリックを併せて論じた論考として重要である。Richard Corson, *Fashions in Makeup from Ancient to Modern Times*, rev. ed., Peter Owen Publishers, 2003, p. 101; Farah Karim-Cooper, *Cosmetics in Shakespearean and Renaissance Drama*, rev. ed., Edinburgh UP, 2019, p. 136.

（6）飾らぬ無造作な文体が書簡に推奨される際などに、このトポスが用いられてきた。Wesley Trimpi, *Ben Jonson's Poems: A Study of the Plain Style*, Stanford UP, 1962, pp. 62-65.

（7）William Shakespeare, *Shakespeare's Sonnets*, edited by Katherine Duncan-Jones, Bloomsbury, 2010, p. 20.

（8）ストア派による化粧批判を継承しながら、初期キリスト教時代の教父たちがそれを女性嫌悪に結びつけたことについては、Annette Drew-Bear, *Painted Faces on the Renaissance Stage: The Moral Significance of Face-Painting Conventions*, Bucknell UP, 1994, p. 20を参照。後述するThomas Tuke, *A Treatise against paint[i]ng and tincturing of Men and Women* は、タイトルに"Men"が含まれるものの、女と女の化粧への攻撃に、ほぼ終始している。

（9）George Wither, *A Collection of Emblemes, Ancient and Moderne*, London, 1635, p. 229.

（10）以下、*Hamlet* からの引用には、次の版を用いる。William Shakespeare, *Hamlet*, rev. ed., edited by Ann Thompson and Neil Taylor, Bloomsbury, 2016.

（11）Plato, *Gorgias*, translated by Robin Waterfield, Oxford UP, 1994, pp. 31-33.

（12）Hugh Platt, *Delightes for Ladies to adorne their Persons, Tables, Closets, and Distillatories: with Beauties, Banquets, Perfumes, and Waters*, London, 1600. この書は、頁の飾り縁も多分に装飾的である。Malcolm Thick, "A Close Look at the Composition of Sir Hugh Plat's *Delightes for Ladies*," *The English Cookery Book: Historical Essays*, edited by Eileen White, Prospect Books, 2004, pp. 55-56.

（13）Neville Williams, *Powder and Paint: A History of the Englishwoman's Toilet, Elizabeth I- Elizabeth II*, Longmans, Green and Co., 1957, p. 28.

（14）舞台上の'speaking-picture'に着目した研究としては、John Doebler, *Shakespeare's Speaking Pictures: Studies in Iconic Imagery*, U of New Mexico P, 1974; Martha C. Ronk, "Representations of Ophelia," *Criticism: a Quarterly for Literature and the Arts*, vol.36, no.1, 1994, pp. 21-43.

（15）William Shakespeare, *Hamlet: The Texts of 1603 and 1623*, edited by Ann Thompson and Neil Taylor, Arden Shakespeare, 2006, p. 149.

（16）"Abstractions such as pride, lust, deceit, and devilish temptation are repeatedly expressed visually by the painted face" (Drew-Bear, *Painted Faces on the Renaissance Stage*, p. 17).

（17）Thomas Tuke, "A Treatise Against Painting and Tincturing of Men and Women," *Sexuality and Gender in the English Renaissance: An Annotated Edition of Contemporary Documents*, edited by Lloyd Davis, Garland Publishing, 1998, pp. 107-31.

（18）Ben Jonson, "An Epigram: To the Smallpox." *The Cambridge Edition of the Works of Ben Jonson*, David Bevington, Martin Butler, and Ian Donaldson, general editors, vol.7, Cambridge UP, 2012, pp. 886-87. 殺人犯らの「罪」については、以下の第三章が詳しく論じている。Alastair Bellany, *The Politics of Court Scandal in Early Modern England: New Culture and the Overbury Affair, 1603-1660*, Cambridge UP, 2002. アン・ターナー（Anne Turner）は、黄色いスターチで糊付けして形状を長持ちさせたひだ襟を宮廷に流行らせたとされ、処刑前に改心者として、"pride, wantonness, and sartorial excess" を避け、生活を改めるよう人々に説いたという。*Oxford DNB*, vol.55, pp. 597-98 参照。

（19）Margaret Cavendish, *The Worlds Olio*. London, 1655.

（20）同書にある別のエッセイ「女の偽装について」("Of the Dissembling of Women")で、女は皆、実際より自分をよく思わせようと、衣服や歌、踊り、化粧などを餌に男の気を引く「大道薬売り」("Mountebank") (73) である、と彼女が述べる際の、欺きという常套的な化粧の捉え方は、本エッセイとは興味深い対照を成す。"Of Painting" については、Edith Snook, *Women, Beauty and Power in Early Modern England: A Feminist Literary History*, Palgrave Macmillan, 2011, pp. 14-17 が、マーガレット自身のファッションと関連づけて言及している。

（21）Samuel Pepys, *The Diary of Samuel Pepys*, edited by Robert Latham and William Matthews, vol.8, U of California P, 1974, pp. 186-87.

（22）Dosia Reichardt, "'Their Faces are Not their Own': Powders, Patches and Paint in Seventeenth-Century Poetry," *The Dalhousie Review*, vol.84, no.2, 2004, pp. 200-01 参照。また、以下はテュークからの一節である。"Do not take away God's picturing and assume the picture of a harlot, because it is written, 'Shall I take the members of Christ, and make them the members of a harlot? God forbid' (1 Cor. 6.15)" (Tuke, *Treatise against painting and tincturing*, p. 110).

（23）一方で、*Worlds Olio* の二年前に出版された Thomas Hall, *The Loathsomnesse of Long Haire* (London, 1653) には、"Painting is so farre from making honest Husbands love their Wives, that it makes them loath them" という一節がある (Corson, *Fashions in Makeup*, p. 154)。

（24）『パラドックス集』で化粧を弁護した若き日のダンも、聖職者となったのちは、説教で女性の化粧を「神の手から絵筆を奪う」所業と非難している。Doran, "Taking the Pencil out of God's Hand," p. 230, 232 参照。Arthur Dent が "our artificial women" が神の作品に手を加えることを非難した *The Plain Mans Pathway to Heaven* (1601) をはじめ、ハムレット同様の化粧批判がいかに当時あふれていたかについては、M. P. Tilley, "I Have Heard of Your Painting Too," *Review of English Studies*, vol.5, no.19, 1929, pp. 312-15.

（25）料理と創作のアナロジーについては、Chris Meads, "Narrative and Dramatic Saurces: Reflections upon Creativity, Cookery, and Culinary Metaphor in some Early Seventeenth-Century Dramatic Prologues," *Renaissance Food from Rabelais to Shakespeare: Culinary Readings and Culinary Histories*, edited by Joan Fitzpatrick, Ashgate, 2010, pp. 145-66 参照。また、砂糖のイメージと女性の（あるいは女性向けの）著作との関わりについては、Kim F. Hall, "Culinary spaces, colonial spaces: the gendering of sugar in the seventeenth century," *Feminist Readings of Early Modern Culture*, Cambridge UP, pp. 168-90.

第三章　同性への愛と罪の意識
——友愛とホモエロティシズムの狭間——

竹山友子

I．はじめに

リチャード・バーンフィールド（一五七四―一六二〇）の『愛深き羊飼い』（*The Affectionate Shepheard*, 1594）は男性間のホモエロティシズムが描写される詩とみなされている。しかしアラン・ブレイはこの詩における同性愛的描写は文学的創作であり、「友情をあつかった文学ジャンルの産物」としてホモエロティシズムを否定する。[1] その根拠はバーンフィールド自身が次の作品『シンシア』（*Cynthia*）の献辞において、『愛深き羊飼い』の主題を読者が誤って「羊飼いから少年への愛という罪（the loue of a Shepheard to a boy; a fault）」と解釈していると訴える。[2] そして「その罪を私は弁解するつもりはない、私は罪を決して犯さなかったのだから（the which I will not excuse, because I neuer made）」と述べて、さらにはウェルギリウスの『牧歌』第二歌アレクシスの模倣（an imitation）だと主張する。[3]

一方、王政復古期に活躍した女性作家アフラ・ベーン（一六四〇―一六八九）は、女性同士の愛情をうたう詩「美しいクラリンダへ、私に求愛する、女性以上と思われる方」（"To the Fair Clarinda, Who Made Love to Me, Imagin'd More Than Woman"）を一六八八年に発表する。[4] この作品も女性同士のエロティックな愛情をうたう詩とみなされるものの、王政復古期特有の性的放縦を是とするリバティニズムの典型的作品に思われる。二人の詩作品に描写される同性同士の愛情が当時のジェンダーロールの範疇に収まるものなのか、あるいはジェンダーロールの越境を示すものになりうるのか、話者の罪の意識を手掛かりにセクシュアリティの問題も含めて考察する。

まず、初期近代イングランドにおける同性愛と罪の関わりを概観する。元々同性間の性行為を示すソドミー（sodomy）は獣姦であるバガリー（buggery）と同一視され、創世記一八章および一九章のホモエロティックな関係と結びつけられた都市ソドム（Sodom）が語源である。聖書においては使徒パウロの言葉にある通り、同性愛は明確に禁じられている。

> 神は彼ら［異邦人］を恥ずべき情欲に任せられました。女は自然な関係を自然に反するものに替え、同じく男も、女との自然な関係を捨てて、互いに情欲を燃やし、男どうしで恥ずべきことを行い、その迷った行いの当然の報いを身に受けています。
>
> （「ローマの信徒への手紙一」一章二六―二七節[5]）

イングランドでは一二九〇年頃に教会裁判を基にするコモンロー（慣習法）をまとめたフリータ（Fleta）およびブリトン（Britton）の二つの権威的書物にバガリーとソドミーに対する罰則が記されている。[6]そしてヘンリー八世治世下の一五三三年に刑法としてバガリー法が制定され、バガリーおよびソドミーは死罪となった。つまり宗教的な罪〈sin〉であるバガリーおよびソドミーが、国家の法における罪〈crime〉へと変化したのである。[7]このバガリー法はメアリー一世の時代に一旦廃止となるもののエリザベス一世の議会で復活し、その後長く続いた。[8]

Ⅱ．リチャード・バーンフィールドと古代ローマおよび初期近代イングランドの同性愛

次にバーンフィールドの詩集『愛深き羊飼い』におけるホモエロティックな描写を分析する。この詩は二部構成で、第一部「恋煩う愛深き羊飼いの涙」（"The Teares of an Affectionate Shepheard Sicke for Loue"）と第二部「愛深き羊飼いの二日目の嘆き」（"The Second Dayes Lamentation of the Affectionate Shepheard"）からなり、話者である羊飼いのダフニスが美しく若いギャニミードへの恋心をうたう詩である。[9] ギャニミードは「美しい顔立ちの少年」（二連一行）や「百合や赤い薔薇のように、白さと赤みの色合いが程よい」（三連五―六行）と描写されるように、女性的な美しさを備えた若者である。次の引用にあるように、ダフニスは恋敵の女性グエンドリンに対して敵意を示しながら、自分の恋は外見ではなく愛情に基づく真の愛であると主張する。[10]

私が君を愛するのは君の才ゆえ、彼女［グエンドリン］は自らの快楽ゆえ。
私が愛するのは君の美徳ゆえ、彼女は美の宝庫ゆえ。（三五連三―四行）

だが、その天賦の才ゆえに君を愛する私は、
君の美しさが衰える雪月を迎えても、
今まさに私を射止めるべく美しい眼差しを向ける
その魅力的な瞳を（喜んで）崇め続けるだろう。（三七連一―四行）

また、ダフニスはギャニミードに対して「もし君が私のお気に入り（my Boy）、あるいは私の花嫁（my Bride）になってくれるなら」（第二部一三連五―六行）と語るように、ギャニミードを女性に見立ててエロティックな愛情を抱いていると思われる。

この関係については話者であるダフニス自身も「もし愛しい若者を愛することが罪になるなら（If it be sinne to loue a louely Lad）」と述べたうえで、「それなら罪を犯そう、彼ゆえに私の魂は悲しむのだ（Oh then sinne I, for whom my soule is sad）」（二連五―六行）と語ることから、同性であるギャニミードへの恋を神の法に背く行為としての罪〈sin〉であると認めている。話者と詩人の関係については、詩集冒頭のペネロペ・リッチへの献辞の結語で"Your Honours most affectionate / and perpetually deuoted Shepheard: / DAPHNIS"と記すことから、ギャニミードに恋する羊飼いダフニスと詩人は一体となる。[11] この詩集は一五九四年に匿名で出版され、当時バーンフィールドは若干二〇歳だったため、老人と思われるダフニスをバーンフィールド自身と直接結びつけた批判は少なかったかもしれない。[12] しかしながら『愛深き羊飼い』をソドミー的作品と受

け取る読者は少なからず存在したと思われ、前述したように、翌年発表の詩集『シンシア』に付した献辞の中で、『愛深き羊飼い』で描写した男性同士の愛情はウェルギリウス作『牧歌』の文学的模倣であると否定する。実際に詩の結末においてダフニスのギャニミードに対する恋は成就しない。

そして愛を忌み嫌う少年よ、（かつて私が愛した人よ）、
さらばだ、何万回でも言おう、さらばだ。（第二部七一連一―二行）

哀れにも見捨てられた男、打ち捨てられた者たる私が、
（わが恋人に絶望しながら、美を侮蔑して）
不満を抱くようになり、私の熱心な勤行を蔑んだ
彼の麗しい姿に軽蔑の念を抱いた、
　そして月明かりのもと家路へと急いだ。
　愛神と、愛神がもたらす愚かな喜び一切を断つと誓いながら。（第二部七四連）

ギャニミードに結婚を勧めながら「さらばだ、何万回でも言おう、さらばだ」と別れを告げてこの詩は終わる。その意味で規範的ジェンダーロールの範疇に回帰する内容となっており、「その罪（the fault）を私は弁解するつもりはない、私は罪を決して犯さなかったのだから」という詩

人の先の主張は、ソドミーという国家の法における罪〈crime〉を犯していないという点において正しいのである。

ブレイによると、初期近代イングランドの男性間の友情は身体的親密さを伴う慣習があり、男性間の友情とソドマイトに明確な区別はなく、社会的ヒエラルキーが転覆される危険性があるときだけソドマイトとして糾弾された。[13]その一方でブレイは、男性同士の親密な関係が受け入れ可能な枠組の中に入ることを保証していた保護的な慣習は、一六世紀末までには消えつつあったと述べる。[14]村山敏勝はこのようなブレイや同様の見解を示すジョナサン・ゴールドバーグの論について、ホモエロティックな関係は一七世紀初頭には社会的混乱を生まない限り受け入れられていたが、社会に受け入れられているものは「わざわざ記述」されないので、どのような存在だったのかという疑問に対する答えは出ないと述べる（五五）。しかし、バーンフィールドはソドマイトを想起させる「羊飼いから少年への愛という罪、その罪を私は弁解するつもりはない、私は罪を決して犯さなかったのだから」という事実上の弁明を次作に「わざわざ記述」している。これにより、『愛深き羊飼い』をソドミー的作品と捉える読者が少なからず存在したことが露呈する。[15]村山論に従えば、この記述こそが『愛深き羊飼い』を単なる古典作品の模倣ではなく、社会に混乱を招く危険性を孕んだソドミー的作品に位置付ける証左となるのである。

またサム・シーは、バーンフィールドがウェルギリウス作『牧歌』の書きかえを行い、その際にローマの同性愛に不可欠だった社会的あるいは政治的絆ではなく、性的な絆のみに特化してそのホモエロティシズムのテーマを拡大しながら、ローマの同性愛文学の伝統を受け継いでいると主張する（七六）。エヴァ・カンタレッラの古代ギリシア・ローマにおける同性愛研究によると、ローマでは性行為において受け側として容認されるのは奴隷と女性のみで、自由市民の男性間の同性愛において受け側となることは非難された（九九－一〇四）[16]。ウェルギリウスの『牧歌』における少年アレクシスは「ご主人様のお気に入り（delicias domini）」で、彼の身分はシーが主張する通り、あるいは『牧歌／農耕詩』訳者の小川正廣も指摘する通り「奴隷」と思われる（ウェルギリウス 一一注二）。そのためアレクシスに対する話者コリュドンの男性同士の愛情はローマの伝統的な恋愛作法から必ずしも外れてはいない。対照的に『愛深き羊飼い』では、ダフニスが列挙する高価な贈り物の内容やギャニミードの女性関係に鑑みると、明らかに二人とも自由市民として描写されている。自由市民同士となるダフニスからギャニミードへの愛情は、どちらかが受け側に回らざるを得ないためローマの恋愛作法に従うことにはならない。バーンフィールドが主張するウェルギリウスの模倣の範疇を超えた描写と言っても過言ではないだろう[17]。

確かにバーンフィールドは先に引用した『シンシア』の献辞で、「私は罪を決して犯さなかった」と述べるように、ダフニスの恋は成就せず男性同士のセクシュアルな行為には至っていない。しかし、バーンフィールド自身および彼を擁護するブレイによるウェルギリウスの模倣という主張に潜む問題点は、バーンフィールドが古代のギリシア・ローマではなく、エリザベス朝イングランドの人物で、バガリー法が存在するイングランドでホモエロティシズムを感じさせる作品を出版していることを考慮しない点である。つまり、男性同士の性愛に基づく犯罪であるソドミーに対する読者の反応を軽視していたと言える。そして男性同士のホモエロティックな関係を示唆する描写を、ローマ人ウェルギリウスの模倣だと次作の献辞で弁明して隠蔽しようとする。しかしその弁明により、『愛深き羊飼い』がエリザベス朝イングランドの規範的ジェンダーロールはもちろんのこと、彼が模範にしたとするウェルギリウス時代のローマ市民のジェンダー規範さえも超越し、エリザベス朝イングランドの読者にソドミーという罪を連想させる作品であることを巧まずして知らせる結果となるのである。

Ⅲ．アフラ・ベーンとリバティニズム

アフラ・ベーンの「美しいクラリンダへ、私に求愛する、女性以上と思われる方」は女性同士のホモエロティシズムを匂わす全二三行の詩である。詩の冒頭で話者はクラリンダに対して「美しき愛すべき乙女（Fair lovely Maid）」と呼びかけたうえで、一二行目では「残念なことにあなたは私たちの性に生まれ（In pity to our Sex sure thou wer't sent）」と語ることから、クラリンダも

話者も性別は女性であることが判明する。そして次のように二人の愛情関係を正当化する。

ゆえに私たちがあなたを愛しても、罪はない〔Innocent〕のです。
私たちがあなたと罪を犯すなど確かにあり得ないのです。
〔For sure no Crime with thee we can commit;〕
万一犯したとしても――あなたの姿かたちが言い訳となります。
なぜなら、この上なく美しい花を集める女(ひと)は、
香しい葉陰に、蛇が潜んでいることを信じていますから。（一三―一七行）

女性同士のホモエロティックな関係は"Crime"にはならないと話者は主張する。この主張は、男性同士のホモエロティックな関係がソドミーという宗教的な罪〈sin〉かつ国家の法に対する犯罪〈crime〉になることを思い起こさせつつ、女性同士では犯罪に値しないことを意味する。実際に初期近代イングランドにおけるソドミーは、基本的には男性の犯す罪とみなされる一方で、女性同士の性愛を禁じる法はなかった。[18] また、「香しい葉陰に、蛇が潜んでいる〔A Snake lies hid beneath the Fragrant Leaves〕」という表現は、花摘む乙女を誘惑して貞節を奪い妊娠を招く異性愛の危険性を示唆する。[19] 男性同士の性愛と異性愛の危険性を暗示させることにより、女性同士のホモエロティックな関係は女性が危険を感じる必要のない関係であることを前景化させる。た

だし、このような男性を排除する女性同士の関係はジェンダーロールの越境を示しているように感じられるが、実はその範疇にあると言えよう。なぜなら女性同士の関係が犯罪〈crime〉とならないのは、不貞と違って妊娠および非嫡出子出産の危険がなく、社会に実害がないからである。

しかしながら、第一節で述べたように、聖書には性別にかかわらず同性愛を戒める記述がある。[20] それに加えて、王政復古期に出版されたトマス・ブラント編纂の『用語辞典』〈*Glossographia*〉には"buggery"の定義に女性同士の性的関係が含まれる。興味深いことに共和政時代の一六五六年初版では"buggery"の語は収録されず、一六六一年の『用語辞典』第二版および一六七〇年出版の『法律用語辞典』〈*Nomo-Lexikon: A Law-Dictionary*〉で"buggery"の語が収録され、その定義に女性同士の性愛が含まれた。[21] それゆえ女性同士のホモエロティックな関係がイングランドでは法的な犯罪〈crime〉にならないとしても、少なくとも王政復古以降は社会的批判の対象だったと言える。[22] その状況に鑑みると、話者による「万一［罪を］犯したとしても」〈Or if we shou'd [commit a crime]〉」（一五行）の言葉は、女性同士のホモエロティックな関係も罪〈sin / crime〉とみなされる可能性が皆無ではないことを示唆する。

ではこの詩は多くの批評家が主張する女性話者と両性具有的な女性クラリンダのホモエロティシズムを宣言する詩なのだろうか。[23] 実のところクラリンダと話者のジェンダーおよびセクシュアリティを精査すると、クラリンダのみならず話者についても曖昧である。詩において、クラリンダは「美しき愛すべき乙女（Fair lovely Maid）」（一行）、「愛すべき魅力的な青年（Lovely Charming Youth）」（四行）、「光り輝く乙女（the bright Nymph）」（一一行）、「青年（the Swain）」（一一行）と両性具有的に呼ばれる。さらにクラリンダへの呼びかけとなる"Thou beauteous Wonder of a different kind"（一八行）の"kind"には *Oxford English Dictionary* によると「種族」の意味に加えて「性別」の意味がある。[24] プラトンの『饗宴』には「人間の性別は、三種族あって（中略）両性をひとしくそなえた第三の種族がいた」という記述があり（五八）、これに基づくと一八行目の訳は「あなたは異なる種族の麗しき驚異」となる。加えてその直後には「優しいクローリスと愛しいアレクシスの合一（Soft *Cloris* with the dear *Alexis* join'd）」（一九行）の表現で、牧歌風恋愛詩における典型的な女性名と男性名を用いてクラリンダが女性と男性の合一体、プラトンの言う第三の種族、両性具有であることが示唆される。

翻って、話者のジェンダーとセクシュアリティについては一読した限りでは女性と思われるが、実は断言できない。詩の冒頭で話者はクラリンダに「美しき愛すべき乙女」、「愛すべき魅力的な青年」と呼びかけた直後に"This last will justifie my soft complaint, / While that may serve to lessen my constraint"（五―六行）と語り、その意味するところは「この呼び名〈愛すべき魅力的な青年〉は私の静かな嘆きを正当化し、前の呼び名〈美しき愛すべき乙女〉は私の自制を弱めるでしょう」である。クラリンダを「青年」と呼ぶ話者が抱く"soft complaint"は一九行目で言及される女性名が"Soft *Cloris*"と形容されるように、形容詞"soft"が話者に女性のイメージを与える。そして"complaint"の語が女性的な"soft"と結びつくと、シェイクスピアの『恋人の嘆き』（*A Lovers Complaint*）やサミュエル・ダニエルの『ロザモンドの嘆き』（*The Complaint of Rosamond*）に代表される〈恋する乙女の嘆き〉の詩を連想させる。他方、クラリンダを乙女と呼ぶ場合に話者の"constraint"が弱まることは、乙女を口説く青年の強引さに繋がる。クラリンダへの呼びかけに応じて、話者もダブルジェンダー的描写となるのである。[25] 二人のダブルジェンダーの可能性は、タイトル最後の"Imagin'd More Than Woman"が修飾する語を、クラリンダのみならず話者を示す"Me"として「女性以上と思われる私」の解釈も可能なことに象徴される。[26]

そしてギリシア神話をモチーフとする最終部に至って、クラリンダと話者のジェンダーは一層曖昧さを増す。

そして、私たちは最も崇高な情熱を、
愛人ヘルメスに、友人アフロディテに差し出すのです。（二二一―二二三行）

While we the noblest Passions do extend

The Love to *Hermes, Aphrodite* the Friend.

ポール・サルツマンは、最終行でヘルメスが愛情を、アフロディテが友情を引き寄せる描写は、王政復古期の政治的・詩的文脈におけるジェンダー規範の脱構築には脆弱さが潜むことをベーンが認識している証だと主張する（一二七）。確かに話者にとって男神が「愛人（The Love）」で、女神が「友人（the Friend）」であるという描写は、話者の情熱が異性愛の範疇に収束していくように感じられる。しかしながら、"Friend"には友人のみならず愛人の意味もあるため、女性間の友人関係と愛人関係の境界線は消滅する。[27] つまりクラリンダと話者の友人としての魂の結合だけでなく、両者が愛人として身体的結合を果たして一体化することが示唆される。さらに、ヘルメス（*Hermes*）とアフロディテ（*Aphrodite*）の並置によって、二人の息子であるヘルマプロディトス（Hermaphroditus）を語源とする両性具有（hermaphrodite）を示唆することが明らかとなる。[28] 先に述べた通り、最終行に至るまでに既に二人のジェンダーおよびセクシュアリティは曖昧であり、女性同士というより両性具有のエロティックな関係となるのである。

このような描写は「友情をあつかった文学ジャンルの産物」に王政復古期特有の性的放縦さを是とするリバティニズムを反映させて仕上げた結果と言ってよいものだろうか。ギルバート・バーネットが記したロチェスター伯爵ジョン・ウィルモットの伝記には、既婚男性に対して女性との交際（the use of Women）を制限することが人類の自由に対する不当な要求（unreasonable Impositions on the Freedom of Mankind）だとする伯爵の考えが記されている（一〇〇―一〇二）。"the use of Women"の語が示す通り、実のところリバティニズムは男性中心の思想で、女性は単なる性的対象として消費（use）される存在だった。[29] また、一六七〇年代末以降になると、リバティニズム的行為はロチェスターなどの当事者にとっても、幸福を得られる思想でないことが語られるようになっており、ソドミーなどの性的表現はリバティニズムを批判するために描写されることが多々あった。[30] リバティニズム批判の一つに「達成感否定（Against Fruition）」の伝統の利用があり、エピクロス主義的な人間の飽くなき欲望が決して達成感を得ないことを男性詩人が嘆く詩群である。[31] バラスターやティルマウスが主張するように王政復古期では、リバティニズムに対して疑問を投げかける詩と捉えられている。[32] その一つ、アレクシスという人物が書いた「『モンテーニュのエセー』における知識について書かれた、達成感否定の詩」（"A Poem against Fruition Written on the Reading in *Mountains Essay*"）は『エセー』第二巻一五章「我々の欲望は困難さによって増すこと」に呼応するもので、「途方もない狂気じみた欲望に突き動かされて、我々は目の前にあるものを厭い、無いものを崇める」（一五―一六行）、しかし「幸せなどどこにも見当たらない」（二七行）、「我々は万物の支配者か、はたまた奴隷か」（二九行）と述べて、人間が抱く果てない欲望を嘆ずる。このアレクシスの詩への応答として、ベーンは「アレクシスへ、彼の達成感否定の詩に対する返答　オード」（"To Alexis in Answer to his Poem against Fruition. ODE"）を執筆する。その際に、男性の欲望の対象を性的欲望に特化した内容に書きかえる。[33] この詩の最終部で女性話者は男性の欲望達成後の態度を揶揄する。

その彷徨える若者［アレクシス］はあらゆる木陰に
棄てられて溜息をつく乙女を置き去りにしてきた、
なぜなら彼が学んだ女性への致命的な教訓とは、
達成後には決して関心を持たないことだから。（「アレクシスへ」三八―四一行）

男性は性的欲望を達成すれば、もはや女性に関心を示さないと主張して、リバティニズムを基盤とする男性の欲望が女性を犠牲にする危険を孕むことをベーンは明らかにする。王政復古期の男性詩人たちが「達成感否定（Against Fruition）」の伝統を利用してリバティニズムに潜む男性への危険性を指摘する一方で、女性詩人のベーンは女性への危険性を描写する。つまり、リバティニズムが男性にとっても女性にとっても危険な風潮であることをベーンは認識していたと言える。

作家としてのベーンの評価に目を転じると、リバティニズムを利用してセクシュアリティを前面に出す喜劇のプロットやその作風、さらには当時稀有な存在の女性職業作家だったがゆえに、作品内容が自身の思想やセクシュアリティと結びつけられる傾向にあり、売春婦（harlot）や両性具有（hermaphrodite）と揶揄された。例えば一六八八年に出版された雑誌には、次のような言葉が記されている。

その著作物が男性にあるべき知恵も、女性にあるべき慎み深さも十分ではなかったため、彼女［ベーン］は両性具有（an Hermaphrodite）とみなされ、結果的にいずれかの性別の恩恵や特権を受けるに見合わず、まして社会の恩恵や特権を享受するのに相応しくはなかった。[34]

これらの事実も勘案すると、ベーンが執筆した詩「美しいクラリンダへ、私に求愛する、女性以上と思われる方」は、リバティニズムが男性にも女性にも危険な思想であることを示すべく、自身に向けられた蔑称「両性具有」を逆手に取ったものと言える。同性愛においては男性のようにバガリー法に縛られることなく、異性愛においては女性のように妊娠の危険性もなく、自由な恋愛ができる存在として、ジェンダーを自在に操ることができる第三の種族、両性具有者同士の愛情を提示している可能性が高いのである。[35]

Ⅳ．まとめ

リチャード・バーンフィールドの『愛深き羊飼い』における女性性と男性性を併せ持つ青年

ギャニミードに対する男性話者ダフニスの愛情は、古典作品の模倣と捉えるとジェンダーロールの範疇に収まっているように見える。ギャニミードの描写は両性具有的でジェンダーの曖昧性が感じられるが、ダフニスのジェンダーは一貫して男性と思われる。詩に描写されるホモエロティックな愛情への懸念をバーンフィールドは払拭しようとするが、ソドミーが宗教的な罪〈sin〉だけでなく、国家の法に触れる犯罪〈crime〉となるイングランドにおいて、次作に弁明を「わざわざ記述」することにより、イングランドの規範的ジェンダーロールだけでなく、彼が模範にしたと主張するウェルギリウス時代のローマ市民のジェンダー規範をも図らずも超越するのである。

一方で、アフラ・ベーンの「美しいクラリンダへ、私に求愛する、女性以上と思われる方」は性的放縦さを是とするリバティニズムを背景とするが、実はその思想が男女双方に危険を招くことを示唆する。異性愛では男性に永遠の欲求不満を、女性には望まぬ妊娠を、同性愛では男性にソドミーという"Crime"（一四行）を、女性には社会的批判をもたらす危険である。これらを回避するべく、自身に向けられた蔑称と神話を利用しながら、話者と相手の双方のジェンダーおよびセクシュアリティを曖昧にする。バーンフィールドがあくまでも規範的ジェンダーロールの越境を隠蔽しようとして失敗するのとは違い、ベーンは両性具有者同士の愛情関係を軽妙な筆致で綴り、規範的枠組みを軽やかに越境するのである。

註

（1）Bray, *Homosexuality* 61.

（2）リチャード・バーンフィールドの詩はすべて *The Complete Poems of Richard Barnfield*, edited by Alexander B. Grosart（以下 *CPRB*）からの引用である。聖書およびプラトンの著作を除き、本章で引用する文献の日本語訳はすべて筆者によるものである。

（3）"To the Courteous Gentlemen Readers," Barnfield, *CPRB* 63.

（4）アフラ・ベーンの詩はすべて *The Works of Aphra Behn: Volume 1 Poetry* からの引用である。

（5）本章で扱う聖書日本語訳はすべて『聖書　聖書協会共同訳』である。

（6）*The Law in England*; Bailey 145-46.

（7）*Oxford English Dictionary*, "Sin, *N*." 2. a; "Crime, *N*." 2. a.

（8）*The Law in England*; Bailey 145-52; Anno. XXV, vii^{v}-viii; Smith 43-45. その一方で、エリザベス朝のソドミーの起訴は極少数にとどまり、基本的には男性の犯す罪と考えられ、性的犯罪であるだけでなく、政治的かつ宗教的な犯罪でもあった（Bray, "Homosexuality" 3; Smith 48-52）。

（9）本章における『愛深き羊飼い』の引用では、出典明記を第一部は詩連番号と行数のみ、第二部は詩連番号の前に「第二部」と記す。

（10）この表現は詩集の編者グロサートやクラヴィッターが指摘するように、シェイクスピアのソネット二〇番を彷彿とさせる。

（11）"To the Right Excellent and Most Beautiful Lady, the Ladie PENELOPE RITCH."

（12）Barnfield, *CPRB*, xi. ダフニスはギャニミードに「私が今の君くらいに若くて荒々しかった頃（When I was yong and wylde as now thou art）」と語っている（第二部六九連二行）。

（13）Bray, "Homosexuality" 7-10; Goldberg 119.
（14）Bray, "Homosexuality" 15.
（15）Bredbeck, *Sodomy* 152; Yen 140-41.
（16）ギリシアにおいては、成人男性と一二歳以上一八歳以下の少年との性行為は、異性愛への教育を目的として容認されていた（Cantarella 42-44）。一方のローマでは、一四歳以下の自由市民のローマ人少年を相手にしたあらゆる性行為を禁じると同時に、男性同士の性行為において、ローマ市民の男性が受け身の立場になることを禁じるスカンティニウス法（Lex Scantinia）が存在した（アンジェラ第一二章）。Williams, chapter 1 も参照のこと。
（17）カンタレッラは、ウェルギリウスの『牧歌』などを引用しながら、共和政から帝政への変革期ローマをギリシア的同性愛観とローマ的同性愛観が融合する過渡期とみなし、自由市民の男性同士の性行為を禁じる罰金刑のみのスカンティニウス法が軽視され、特に成人男性と少年間の性愛が社会的に容認されるようになったと推測する。ただし、カンタレッラは『牧歌』の少年アレクシスの身分（おそらく奴隷）について言及や考察をしていない（Cantarella 136-41）。また、アンジェラやウィリアムズも法の実効性については同様に疑問視するが、男娼を除く自由市民の少年への性愛や受け身的役割を担う男性に対する批判は根強かったとしている（アンジェラ第一二章、Williams, chapters 4 and 5）。
（18）Bray, "Homosexuality" 3.
（19）Chernaik 182-83; Stiebel 233-34.
（20）カンタレッラによればローマ時代は女性の同性愛は女性の犯しうる最悪の行為とみなされた（Cantarella 206; アンジェラ第一二章）。

（21）"Buggerie" in *Glossographia*（1661）; "Buggery" in *Nomo-Lexikon*; Traub 276. また、*Glossographia*（1661）における "Sodomy" の定義は "buggery" となっている。一方で *Nomo-Lexikon* には "Sodomy" の語は収録されていない。
（22）一六八二年には夫が女性であることが判明したとして、女性同士の結婚が無効となった事例がある。ブレイはこのような事例は氷山の一角だと推測する（Bray, *The Friend* 219-26）。
（23）Chernaik; Donoghue; Staves; Stiebel; Young を参照。
（24）"Kind, *N.*" 8. a, 16. a.
（25）現代用語としてはXジェンダー、ノンバイナリーまたはＬＧＢＴＱ＋におけるクエスチョニングに相当すると思われるが、本論においては身体的な両性具有の可能性も含めた男女双方のジェンダーを示すという意味でダブルジェンダーの語を用いる。
（26）*Norton Anthology* 548n3.
（27）"Friend, *N.*" 6.
（28）最終行における両性具有の示唆については、アフラ・ベーン全集編者のジャネット・トッドなどが指摘している（Behn, *Poetry* 434n80; Salzman 126）。
（29）Burnet 100-101; Chernaik 26; Staves 21.
（30）Tilmouth 329-30, 344; Webster 172-74.
（31）ジョン・サックリングやエイブラハム・カウリーらが書いている。
（32）Behn, *Poetry* 432n74; Ballaster 170-71; Tilmouth 329-30.
（33）Behn, *Poetry* 432n74.
（34）*A Journal for Parnassus* 1688, qtd. O'Donnell 302.

（35）現代的なジェンダー観点に当てはめると、「美しいクラリンダへ、私に求愛する、女性以上と思われる方」においては、クラリンダと話者の性別（our Sex）および外見は女性として描写されるため、おそらく身体的に二人は女性で、性自認としてクィア／クエスチョニングまたはXジェンダー／ノンバイナリーと考えるべきだろう。

引用文献

Alexis. "A Poem against Fruition Written on the Reading in *Mountains Essay*." Aphra Behn, *Poems upon Several Occasions with a Voyage to the Island of Love*, 1697, p. 127. *Early English Books Online* (*EEBO*), https://quod.lib.umich.edu/e/eebo/A27316.0001.001?rgn=main;view=fulltext.

Anno. XXV. Henrici VIII. Actis Made in the Session of This Present Parliament. 1535. *EEBO*, http://reo.nii.ac.jp/hss/4000000000556812/fulltext.

Bailey, Derrick Sherwin. *Homosexuality and the Western Christian Tradition*. Archon Books, 1975.

Ballaster, Ross. "Taking Liberties: Revisiting Behn's Libertinism." *Women's Writing*, vol. 19, no. 2, May 2012, pp. 165-76.

Barnfield, Richard. *The Complete Poems*. Edited by George Klawitter, Susquehanna UP, 1990.

————. *The Complete Poems of Richard Barnfield*. Edited by Alexander B. Grosart, Leopold Classic Library, 1876.

Behn, Aphra. *The Works of Aphra Behn: Volume 1 Poetry*. Edited by Janet Todd, Ohio State UP, 1992.

————. *The Works of Aphra Behn* (*Complete*). Edited by Montague Summers, Library of Alexandria, 2009. Kindle edition.

Blount, Thomas. *Glossographia*. 1661. *EEBO*, http://reo.nii.ac.jp/hss/4000000000612580/fulltext.

———. *Nomo-Lexikon: A Law-Dictionary*. 1670. *EEBO*, http://reo.nii.ac.jp/hss/4000000000631126/fulltext.

Borris, Kenneth, and George Klawitter, editors. *The Affectionate Shepherd: Celebrating Richard Barnfield*. Susquehanna UP, 2001.

Bray, Alan. *The Friend*. U of Chicago P, 2003.

———. "Homosexuality and the Signs of Male Friendship in Elizabethan England." *History Workshop*, vol. 29, Spring 1990, pp. 1-19.

———. *Homosexuality in Renaissance England*. Columbia UP, 1995.

Bredbeck, Gregory W. *Sodomy and Interpretation: Marlowe to Milton*. Cornell UP, 1991.

Burnet, Gilbert. *Some Passages of the Life and Death of the Earl of Rochester*. 1680. *EEBO*, http://reo.nii.ac.jp/hss/4000000000534533/fulltext.

Cantarella, Eva. *Bisexuality in the Ancient World*. Translated by Cormac Ó Cuilleanáin, Yale UP, 1992.

Chernaik, Warren. *Sexual Freedom in Restoration Literature*. Cambridge UP, 1995, 2008.

Donoghue, Emma. "Imagined More than Women: Lesbians as Hermaphrodites, 1671-1766." *Women's History Review*, vol. 2, no. 2, 1993, pp. 199-216.

Ferguson, Margaret, Mary Jo Salter and Jon Stallworthy, eds. *The Norton Anthology of Poetry*. Fifth Edition. W. W. Norton, 2005.

Goldberg, Jonathan. *Sodometries: Renaissance Texts, Modern Sexualities*. Fordham UP, 2010.

The Law in England, 1290-1885. Internet History Sourcebook Project. Fordham University. https://sourcebooks.fordham.edu/pwh/englaw.asp.

Montaigne, Michael de. *Essayes Written in French by Michael Lord of Montaigne*. Translated by John Florio. 1613. *EEBO*, http://reo.nii.ac.jp/hss/4000000000604776/fulltext.

O'Donnell, Mary Ann. *Aphra Behn: An Annotated Bibliography of Primary and Secondary Sources*. Routledge, 2017. Kindle edition.

Oxford English Dictionary Online. 2022.

Salzman, Paul. "Aphra Behn: Poetry and Masquerade." *Aphra Behn Studies*, edited by Janet Todd, Cambridge UP, 1996, pp. 109-29.

See, Sam. "Richard Barnfield and the Limits of Homoerotic Literary History." *GLQ: A Journal of Lesbian and Gay Studies*, vol. 13, no. 1, 2007, pp. 63-91.

Smith, Bruce R. *Homosexual Desire in Shakespeare's England: A Cultural Poetics*. U of Chicago P, 1991.

Staves, Susan. "Behn, Women and Society." *The Cambridge Companion to Aphra Behn*, edited by Derek Hughes and Janet Todd, Cambridge UP, 2004, pp. 12-28.

Stiebel, Arlene. "Subversive Sexuality: Masking the Erotic in Poems by Katherine Philips and Aphra Behn." *Renaissance Discourse of Desire*, edited by Claude J. Summers and Ted-Larry Pebworh, U of Missouri P, 1993, pp. 223-36.

Tilmouth, Christopher. *Passion's Triumph Over Reason: A History of the Moral Imagination from Spenser to Rochester*. Oxford UP, 2010.

Traub, Valerie. *The Renaissance of Lesbianism in Early Modern England*. Cambridge UP, 2002.

Vergil (Publius Vergilius Maro). *Ecloga II. The Latin Library*, https://www.thelatinlibrary.com/vergil/ec2.shtml.

Webster, Jeremy W. *Performing Libertinism in Charles II's Court: Politics, Drama, Sexuality*. Palgrave Macmillan,

2009.

Williams, Craig A. *Roman Homosexuality*. Second edition. 1999. Oxford UP, 2010. Kindle edition.

Yen, Julie W. "'If it be sinne to love a sweet-fac'd Boy': Rereading Homoerotic Desire in Barnfield's Ganymed Poems." Borris and Klawitter, pp. 130-48.

Young, Elizabeth V. "Aphra Behn, Gender and Pastoral." *Studies in English Literature, 1500-1900*, vol. 33, no. 3, 1993, pp. 523-43.

アンジェラ、アルベルト『古代ローマ人の愛と性――官能の帝都に生きる民衆たち』関口英子、佐瀬奈緒美訳、河出書房新社、二〇一五年、Kindle版。

ウェルギリウス『牧歌／農耕詩』小川正廣訳、京都大学学術出版会、二〇一三年。

『聖書　聖書協会共同訳――旧約聖書続編付き』日本聖書協会、二〇一八年。

プラトーン『饗宴』森進一訳、新潮社、二〇一三年。

村山敏勝『（見えない）欲望へ向けて――クィア批評との対話』筑摩書房、二〇二二年。

第四章　ヴィクトリアン・マスキュリニティの確立と男性による看護

――『嵐が丘』を中心に――

西垣佐理

Ⅰ．はじめに

一九世紀ヴィクトリア朝時代イギリスにおいて、ジェンダー・イデオロギー確立は時代の要請であった。帝国主義時代を迎えるにあたり、イギリスの覇権を世界に示す目的、鉄道の開通に伴う勤務形態の変化などに伴い、男女の性的役割分業が明確に示されるようになったのである。ヴィクトリア朝時代のジェンダーは、主に理想的女性像を示す例が多いが、男性に対しても同様に求められる男性像があった。

また、当時のジェンダーを語る上で、「看護師」という職業や看護行為も取り上げる必要がある。というのも、フローレンス・ナイチンゲール（一八二〇―一九一〇）のクリミア戦争時の活躍によって、それまで卑しい仕事[1]から、ガヴァネス（家庭教師）と並んで、「リスペクタブル」な女性の専門職として認知され、女性の社会進出が進むことになったからである。

文学作品でも、女性が看護をする場面はしばしば登場する。ところが、今回取り上げるエミリー・ブロンテ（一八一八―一八四八）の『嵐が丘』（一八四七）では、女性が看護を行う場面もあるものの、男性のエドガー・リントンが病に冒された妻キャサリンを看護する場面が登場する。男性の看護行為は文学作品であまり見られないため、本来女性が担うものとされる看護を男性があえて行うことには何らかの意義があると思われる。また、男性による看護が、当時の男性性確立と矛盾しないのか、という問いにも答える必要がある。さらに、エドガーの看護行為をヒースクリフは批判しているが、それにもかかわらず、キャサリンは亡くなるまで結局エドガーと別れることがなかった、という点にも注意を払わねばならない。

　そこで本論では、『嵐が丘』に見られるエドガーの看護の意義を、当時の男性性確立の議論とからめて論じ、男性による看護場面を描いた同時代作家チャールズ・ディケンズ（一八一二―一八七〇）の作品を参照しながら考えていきたい。

Ⅱ．ヴィクトリアン・マスキュリニティとは？

『嵐が丘』における男性の看護を見ていく前に、ヴィクトリア朝時代における男性性確立をめぐる議論について簡単に触れたい。女性性に関する問題は早くから論じられていたが、男性性に関する議論は、フェミニズム議論が一通り尽くされた後の一九八〇年代から行われるようになった。女性性のみならず、男性性も社会の要請によって築き上げられたものだという認識が広まったこと、さらに同性愛やクィアネスに関して社会的受容が進んだことも背景にあるだろう。一九世紀イギリスにおける男性性研究についても同様で、例えばダスティン・フリードマンは、ヴィクトリア朝の男性性に関する研究では「文化的規範から逸脱した男性性（特に同性愛的マスキュリニティ）の抑圧された歴史を浮き彫りにし分析する研究と、主流のヴィクトリアン・マスキュリニティの再評価に専念する研究」（一〇七七）という大きな二つのテーマがあると述べている。特に二つ目のヴィクトリアン・マスキュリニティについては、女性と同様、「家庭」（Domesticity）とのかかわりで論じられる場合が多いため、「家庭的男性性」（Domestic Masculinity）の確立は、ヴィクトリア朝時代における男性像を考える上で重要だと言える。

そしてヴィクトリア朝の男性性については、ジョン・トッシュが以下のように述べている。

「権威、指導、規律は引き続き父親の役割の中心であると考えられていた。結局のところ、男性性とは本質的に自分の家の主人になることであり、子供だけでなく妻や使用人に対しても権威を行使することであった。実際、「父親」としての支配は、「家父長制」という言葉の第一義的な意味を体現していたのである。（『男の居場所』八九）

とりわけ、傍線部にあるように、男性が公的社会と私的社会（すなわち家庭）を両立させることも男性性の確立に必要なことだとされ、特に社会的アイデンティティとしての男性性は、「家庭・仕事・同性の［仲間］から成り立っていた」（『男の居場所』二）と指摘していることからも、いかに男性性確立にとって「家庭」が重要であったかが裏付けられているのである。

Ⅲ．『嵐が丘』における男性の看護と男性性

次に、ヴィクトリア朝時代の性的役割分業を明確に示す看護行為について見ていこう。当時の看護行為は元々女性が家庭で担うべき「義務」の一環であり、また慈善活動とも密接に結びつくことで、女性のリスペクタビリティの象徴だとされた。[2] 女性が家庭内で患者を看護することで典型的な父権的家庭が構築され、秩序ある物語の結末へ導かれる、というものである。

ディケンズの『荒涼館』（一八五二―五三）、エリザベス・ギャスケル（一八一〇―一八六五）の『ルース』（一八五三）、シャーロット・ブロンテ（一八一六―一八五五）の『ジェイン・エア』（一八四七）などが代表するヴィクトリア朝小説において、女性による看護行為は物語の転換点として重要な場面でしばしば描かれる。しかし、男性による看護は、例えば戦時下の野戦病院など、特に看護人になり得る女性が不在の際に例外的に許されるものであった。[3] それゆえ、男性による看護は女性の領域に踏み込んでいる、つまりジェンダー・ロールの逸脱だとみなされる可能性があることを示唆しているのである。

こうした前提を踏まえて、『嵐が丘』における男性の看護がどのような位置づけにあるかを見ていきたい。『嵐が丘』は、ナイチンゲールがクリミア戦争に向かうおよそ六年前の一八四七年に出版された作品である。物語全体を通して読むと、語り手のネリーと二代目キャサリンが看護

人の役割を担っているが、エドガー・リントンが妻キャサリンを看病した場面があることは注目に値する。ここで、ネリーが語る彼の看護の様子を以下に示すことにしよう。

> ・・・この二ヶ月の間に、リントン夫人は、脳熱と呼ばれる最悪のショックに遭遇し、それを克服しました。エドガーの看護は、一人っ子を看病した母親に負けないほど献身的なものでした。昼夜を問わず見守り、過敏な神経と揺らぐ理性が与えるあらゆる迷惑に辛抱強く耐えていました。そして、・・・キャサリンの生命に危険がないと宣言されると、感謝と喜びで限りはありませんでした。何時間も彼女のそばに座り、身体の健康が徐々に回復するのをたどり、彼女の心も正しいバランスに落ち着き、すぐに以前のように完全に戻れるだろうという、あまりにも楽観的な希望を抱いていました。（一〇四）

引用の傍線部にあるとおり、エドガーの看護行為が、母性あるいは女性性と密接に関係していることが明らかであり、ゆえに彼の看護は女性とほぼ同様のものであることが示唆されている。そして、引用後半にあるように、エドガーの看護のおかげでキャサリンは回復する。とはいえ、彼の看護を契機としてキャサリンとの夫婦関係が改善するわけでもなく、物語を大きく転換させる効果もない。

　このようなエドガーの看護について、ヒースクリフは、

「そして、あの面白みのない、つまらない男が、義務と人情で世話をしているんだ。憐れみと慈悲の心で！あの男の薄っぺらな世話で彼女の元気を取り戻せると思うのは、樫の木を植木鉢に植えて立派に育てようとするのと同じだ」（一一九）

と、「面白みのない、つまらない男」が「義務と人情」、「憐れみと慈悲」で「薄っぺらな世話」をしていると全く評価しないのである。先にも述べたが、看護は女性の「義務」の一環だとするのが基本形ならば、エドガーの看護も女性的なものだということになり、その意味でヒースクリフがエドガーの男性性を否定しているとも考えられる。とはいえ、看護を行うエドガーがジェンダー・ロールを本当に逸脱しているのか、という点には疑問が残る。そして、キャサリンが最後までヒースクリフを愛していながらエドガーと別れなかった理由も改めて考える必要があるだろう。

そこで、三人の男性登場人物、エドガー、ヒースクリフ、ロックウッドおよび初代キャサリンについてそれぞれ簡単に整理し、ヴィクトリア朝時代の男性性確立の議論との関係を見ていくことにしたい。

まず、看護の担い手であるエドガーであるが、ロックウッドがネリーにエドガーの肖像画を見せてもらった際、以下の引用にあるように、

・・・私は、嵐が丘の若い婦人によく似た優しげな面立ちを見ましたが、表情はより物思いにふけり、人なつっこい表情をしていました。長い髪がこめかみのあたりでわずかにカールし、目は大きく真剣で、その姿はほとんど優美すぎるほどでした。（五二）

既に容姿からして優しげな面立ち、物思いにふけって愛想が良い表情、優美すぎる姿をもつ青年である。さらに、ネリーが語るように、「彼は優しく、静かな話し方・・・ここで話されるよりも不機嫌でなく、柔らかい話し方」（五五）をする男性だとも描かれている。また、エドガーは、キャサリンとヒースクリフ両人から「この子羊」、「乳を飲んでいる子ウサギ」、「ミルクで育った臆病者」（八九―九〇）、「ひ弱な存在」（一一六）などと指摘されており、彼の内面に「男らしさ」を見ることは難しい。しかも、ネリーが言うように、「エドガーはキャサリンの機嫌を損ねることを心底恐れていた」（七二）節があり、ゆえに彼女に対して常に優しく振る舞い、尽くしている。以上のように、エドガーはカレン・ブーリエが言う「女性的でより貴族的な」男性（一九）であるように描かれているのである。「男らしさ」と「優しさ」が両立しないというのは本来奇妙な話で、男性の「優しさ」が看護という癒しの行為につながった瞬間に男性性が失われることはないであろう。とはいえ、『嵐が丘』でもエドガーが、その優しさと女性的な側面を持っていることは否めず、ジェンダー・ロールの境界が揺れていることは事実である。

次に、ヒースクリフについて見ていくことにする。容姿の点で言えば、ヒースクリフは、ネリーが語るように、「とてもほっそりとしていて若者のように見える」エドガーと対照的に、「長身で頑丈な、体格の良い男性」（七五）である。しかし、キャサリンがイザベルに言うように、「凶暴で冷酷で狼みたいな男」（八〇）でもあり、暴力性に満ちた描かれ方をしている。そんなヒースクリフは、病の回復期にあったキャサリンに再会しようと、ネリーに頼む。その際、以下の引用に見られるように、ネリーはエドガーの看護行為を「義務」を遂行していると述べており、その「義務」をヒースクリフは批判するのだ。

「今キャサリン・リントンとなっている方は、昔なじみのキャサリン・アーンショウとは別人なのです。・・・人生の伴侶として暮らさねばならない旦那様にとって今後愛情の支えになるのは、かつての思い出、人としての人情、そして義務感だけでしょう」

「それは大いにあり得る」ヒースクリフは努めて平静を装いながら言った。「おまえのご主人（エドガー）には、ありきたりの人情と義務感以外に頼るべきものはないだろうということは大いにあり得る。しかし、おまえは俺がキャサリンを彼の義務と人情に任せることを想像するのか？　おまえはキャサリンに対する俺の気持ちを彼の気持ちと比べることができるのか？　おまえがこの家を出る前におまえが俺を連れて行って彼女と会うことを約束してくれ、同意しようと拒否しようと俺は絶対彼女に会うぞ！　どうする？」（一一五）

傍線部に見られるように、ヒースクリフはエドガーの献身はあくまで「ありきたりの人情と義務感」で行っているだけだと指摘している。しかしながら、ここでヒースクリフが言う「義務」が、ネリーの用いる「義務」とは意味をずらして語られていることに注意を払うべきである。ネリーは、エドガーの献身を人間として遂行する中立的な意味での「義務」と表現しており、その中にはエドガーが持つ妻キャサリンに対する愛情への言及もあったため、「夫」としての義務という意味でも発していると思われる。それに対してヒースクリフは、ネリーの言葉から、「ありきたりの人情と義務感」を取り出して、先の引用でも同じ言葉を繰り返しながら、しかも「憐れみと慈悲」と付け足して言っている。それによって、「義務」という言葉から「夫・男性としての義務」という部分が消し去られ、より一般化しつつエドガーの男性性を否定しているのではないだろうか。

確かに、ヒースクリフはキャサリンに対する愛情があり、キャサリンも彼を愛していることは間違いない。だが、ヒースクリフがキャサリンと結婚しているわけではないため、夫としての義務を果たすことは当然ながらできない。ヒースクリフが自分の愛情の正当性を訴えるためには、エドガーの献身的な看護をひ弱な男性が行う女性的な義務感で遂行しているだけだと批判するしかないのだ。

要は、ネリーはあくまで中立的な言い方で述べているのに対して、ヒースクリフの方があえて義務の意味をずらして解釈することで、自分の正当性を訴えようとしているようにも受け取れる。この前提に立った上で、彼はあくまでも自分の気持ちの方がエドガーよりも強いことを示してキャサリンとの再会を望むばかりなのだ。最後にキャサリンと対面した際も、ヒースクリフは彼女の残酷さを責めるものの、彼女を癒やそうという気持ちは一切出てこない。

以上から言えるのは、ヒースクリフとエドガーの男性性には、容姿だけではなく、暴力の有無と他者への献身性の有無といった面で大きな違いが見られ、これらが二人を大きく分けているということである。とりわけヒースクリフの持つ暴力性は、ヴィクトリア朝時代の男性性確立に求められた要素ではないことに注目する必要がある。

『嵐が丘』が書かれた初期ヴィクトリア朝時代は、男性性の位置づけが大きく変わった時期にあたる。R. W. コンネルによると、一八世紀には「ジェントリー・マスキュリニティ」という考え方があり、「ジェントリーの男性性は力強く、暴力的なもの」（一九〇）であった[4]。コンネルと同様、D. マイケル・ジョーンズもヒースクリフをバイロン的ヒーローで、「ロマン派的男性性」の持ち主だと指摘している。それは、「他の男性に対する強力な支配力、反家庭性、そして暴力によって個人の意義を追求する自由によって定義される」（二）ものである。

それに対して、ヴィクトリア朝時代の男性性は、あくまでも家庭を一単位としてまとめ上げることに重きが置かれ、暴力に満ちた家庭像とは全く異なる。とりわけ家庭内暴力は、トッシュが指摘するように、「「リスペクタブルな」意見を持つ人々にとってますます受け入れられないもの」であり、また、「妻を殴ることは男性性の名誉に対する忌まわしき中傷」と見る人もいたと指摘している（『男らしさ』四三）。すなわち、男性性確立の条件から「暴力」という要素はなくなっていくのである。確かに、パトリシア・インガムが指摘するように、ヒースクリフは復讐のために長期計画を立て、リントン家とアーンショウ家の富を合法的に奪おうとするが、そこに暴力を介在させないようにしており、非常に理性的な側面を見せている。とはいえ、同時に、キャサリンへの激しい執着心が彼を非常に常軌を逸脱した行動へと追い立てるのである（一四八―四九）。これらの考え方を踏まえると、ヒースクリフの持つ男性性は、作品の時代設定が一八〇〇年前後であるのを考慮したとしても、前時代的なものであると言えるだろう。

さて、ここでキャサリンのヒースクリフとエドガーに対する態度には注意する必要がある。キャサリン自身は、ネリーが語るように「一五歳にして地域の女王様」（五二）で、男性に尽くすような性格ではない。また、「ヒースクリフと同じ」（六三）魂を持つという彼女の本質は暴力的でもあり、既存のジェンダー・イデオロギーから逸脱していたことは明らかである。[5] そして、ヒースクリフとの関係においても、あくまでも魂が同一である以上、二人の力関係は対等なもので、男女の性的役割分業とは無縁のところにある。キャサリンは、嵐が丘でヒースクリフと一緒にいたときは、暴力的な振る舞いがあったとしても特に気にしていなかった。だが、リントン家とかかわっていくうちに、自分の社会的立場を自覚し、エドガーを代表とする家父長制に組み込まれることを彼女は完全に否定できないでいる。事実、彼女がエドガーとの結婚を決めた際、

「・・・天国にいるのと同じくらい、エドガー・リントンとの結婚にも向いていないのよ。そして、そこにいる邪悪な兄さんがヒースクリフをそこまで落ちぶれさせなければ、私はそのことを考えなかったはずよ。今ヒースクリフと結婚すれば、私も落ちぶれてしまうでしょう。だから私がどれほど彼を愛しているかを決して知らせないの。そして私が彼を愛しているのは、彼がハンサムだからという理由じゃないの、ネリー、そうではなくて、彼は私以上に私自身だからなの。私たちの魂が何であれ、彼と私の魂は同じなの。そしてリントンの魂とは、月光と稲妻、または霜と火くらい違うのよ」(六三)

とあるように、キャサリンは、どんなにヒースクリフを愛していても、彼と結婚したら落ちぶれてしまうという理由で、自分と同じ階層のエドガーと結婚するのである。男性の経済力は「家庭」を持つ上で重要であることから、キャサリンがエドガーとの結婚を決めた時点でヒースクリフに経済力がなかったこともあり、むしろエドガーの方が男性性確立の条件を備えていた、とも言える。事実、彼女の言葉をヒースクリフが陰で耳にしていたことが彼の出奔の原因となっており、後に彼が経済力を経て嵐が丘に帰還する契機ともなっているのだ。

しかし、キャサリンは結婚後も夫であるエドガーに献身的に振る舞うようなことはなく、力関係では彼女の方が上の立場にあり続ける。これはある意味男女の役割が逆転しており、ゆえにエドガーが看護の担い手になるのも不自然ではない、となる。とはいえ、エドガーはキャサリンとの間に子をなしていることからも明らかなように、セクシュアリティとしては男性であり、また娘のキャサリンに対しては良き父親であって、「父権的権威」というヴィクトリア朝時代の男性性確立の定義にあてはまっている。さらに、ヒースクリフが否定しているエドガーの「義務と献身」は、あくまでも家庭を維持するための夫としての「義務」であり、男性性を確立する上で必要不可欠なものだと考えると当然の行為になる。以上から、エドガーには多少ジェンダーの「揺らぎ」が見られるものの、当時の男性性の規範にはのっとっており、ジェンダー・イデオロギーの逸脱とまでは言えないと思われる。

ちなみに、語り手のロックウッドは、ヒースクリフとエドガーという正反対の男性たちのちょうど中間に位置する人物として描かれている。彼は経済力のある独身男性で、体格はヒースクリフほどではないにせよ「立派だ」と自覚しており、エドガーの発音は「ロックウッドに似て」いる（五五）とネリーに言われているところからみても明らかである。そして次の引用部分、

「奇妙なことですね」と、お茶を一杯飲み、もう一杯を受け取っている合間に、私は話し始めた。

「いかに習慣によって人の好みや考えが決まるのは不思議なことですね。ヒースクリフさん、あなたが暮らしておられるような世間から完全に離れた生活の中に幸せがあるだなんて多くの人は想像もできないでしょう。それでも、ご家族に囲まれ、ご家庭と心を支配する神としてお優しい奥方といらっしゃるところを見ますと、私はあえて言いたいのですが――」

「お優しい奥方だと！」ヒースクリフ氏は、ほとんど悪魔的な冷笑を浮かべた顔で私の言葉を遮った。「どこにいるんだ？　そのお優しい奥方とやらは」

「もちろん、ヒースクリフ夫人のことです」

「なるほど。すると、妻の魂が、肉体が滅んだ今でも、癒しの天使として嵐が丘を見守っているのだと、そうおっしゃりたいのですか」（一一）

傍線部にあるように、彼の求める女性は、いわゆるヴィクトリア朝の理想的女性像である「家庭の天使」で、嵐が丘を訪れた際に二代目キャサリンを見て彼女をヒースクリフの妻だと勘違いするのである。以上から、ロックウッドは典型的なヴィクトリア朝的男性性の持ち主で、家父長制と性的役割分業の整った家庭を期待していると言える。ただし、嵐が丘のような世間的な常識から隔絶した空間においては、ロックウッドの男性性が中心的に置かれることがなく、傍観者としての立場に据え置かれていることで、作品内におけるジェンダー・イデオロギーの異常性が際立つのである。それでも、ロックウッドの存在そのものが、この小説が単に前時代的なものではなく、ヴィクトリア朝小説であることの証明となる。そして彼が語り手として中立的な立場にあることで、ヒースクリフとエドガーという両極端な二人の男性性を中和させる役割を担っているのである。

Ⅳ．ディケンズ作品に見られる男性の看護

『嵐が丘』と同様、男性による看護事例がディケンズの後期小説『大いなる遺産』（一八六〇―六一）に見られる。この作品では、様々な形で男性による看護が登場する。その中で、主人公ピップの義理の兄である鍛冶屋のジョーは、物語中、次の引用に見られるように、病に冒されたピップの看護人として献身的に尽くすのである。

・・・私が元気を回復するには相当時間がかかったが、私はゆっくりとではあるが着実に元気を取り戻していった。その間、ジョーは私のそばについていてくれた。私には、自分が昔の幼いピップにまた立ち返ったように思えた。
というのも、ジョーの優しさは私が必要としているものと見事に一致していたので、私は彼の手の内にいる子どものようだったからである。ジョーは昔ながらの自信に満ちた態度で、昔ながらの素朴さで、昔ながらの控えめで守るようなやり方で座って話しかけてきた、だから私は昔の台所での

日々が過ぎ去った熱病が起こした精神疾患の一つだったのではないかと半ば信じるようになった。(四二六)

この引用の傍線部でも見られるように、ジョーは「優しさ」、「控えめで守るようなやり方」と言ったように、母性的なものを垣間見せる。このように献身的な看護を行うジョーの容姿も、エドガーと似たようなところがある。また、

ジョーは色白の男で、滑らかな顔の両側に亜麻色の髪のカールがあり、非常にはっきりしない青い目をしていたので、どういうわけか自分の白目が混じっているように見えた。彼は温厚で気立てがよく、優しい性格で、のんびりしていて、愚かで、愛すべき人――強さと同時に弱さも兼ね備えたヘラクレスのような人だった。(七)

と描かれている。ここから、ジョーも容姿や気質の面で看護人として機能するのに必要な「優しさを持った男性」として考えられているのがわかる。

実際のところ、ディケンズ自身が『大いなる遺産』の創作メモで、「ピップは病があつく動けないとき――熱病のため部屋で横たわっているときに逮捕される。癒しの天使　ジョー」(四四七)と、「癒しの天使」の役目にジョーを割り当て、名前の下に三重線が引かれていること

からも明らかなように、ディケンズは、ジョーに最初から看護人として振る舞うことを求めていた。『嵐が丘』と異なり、ジョーの患者は同じ男性のピップであって、男性同士の看護場面ということになるため、看護の本質は同じでも、結果は大きく異なる。『大いなる遺産』でも『嵐が丘』と同様、物語中の男女の力関係は逆転しており、ピップの姉ミセス・ジョーの方が夫よりも優位に立っている。ただ、ジョーは決して自分の父親が母親にしていたように妻に暴力を振るうようなことはせず（四五）、前時代的な男性性の発露としての暴力を否定している。

ところが、看護を行うジョーが模範的ジェンダー・ロールから逸脱した人間だと言われることはない。ジョーは経済的に自立した鍛冶屋であり、結婚もして一家を構えている、という点では男性性を確立していると言えるからである。しかも、ジョーは妻の死後、ピップの幼なじみのビディと再婚して新たな家庭を築くことで、逆転していた男女の性的役割分業の秩序を回復させるのである。[6]

V. まとめ

今回はヴィクトリア朝の男性性確立に関する議論を見た後で、エミリー・ブロンテの『嵐が丘』におけるエドガーの看護行為と男性性確立について、ディケンズの『大いなる遺産』の事例と比較することで論じてきた。

確かに、『嵐が丘』の世界は、暴力に満ちた極めてロマン派的な家庭であり、ヴィクトリア朝時代の家庭的父権制を持っているとは言いがたい側面がある。特に、ヒロインのキャサリンは時代が志向する理想的女性像として描かれてはおらず、作品世界には性的役割分業の逆転も見られる。だが、エドガーの看護行為は決して彼の男性性を否定するものではない。むしろ家庭を守り、一家の長たる経済力と権威を持った典型的なドメスティック・マスキュリニティを確立している、とさえ言えるのだ。キャサリンが亡くなった後のスラッシュクロス屋敷では、家父長の父に献身的な娘キャサリンという構図に戻っていることからも明らかなように、ジェンダー・イデオロギーの秩序は回復していることが示されている。二代目キャサリンは、ヒースクリフの策略による虚弱な従弟リントンとの結婚・死別後、最初無学で粗野な青年だと軽蔑していたヘアトンを、書物の読み方を教えることで徐々に「感化」して良い方向へと導き、ヘアトンを一家の長にふさわしい人物に変えていく。そうすることで、二代目キャサリンは母親のキャサリンとは大きく異なる女性性を示す。物語の結末において、二代目キャサリンとヘアトン・アーンショーが築き上げるのは、初代キャサリンたちとは異なり、極めてヴィクトリア朝的な家庭なのである。

そして『大いなる遺産』に見られる男性の看護は、患者であるピップも同じ男性であることから、いわゆるホモ・ソーシャルな絆[7]を構築するもので、男性同士の友愛関係を強固にする作用がある。ホモ・ソーシャルな絆はトッシュが述べた社会的アイデンティティとしての男性性の三番目の要素、「仲間」に含まれていることから、ジョーもまた男性性を確立できていると言える。しかし、ホリー・ファーノーが「ディケンズの同性看護の物語は、・・・看護をより広くエロティックにすることで、同性愛的意味合いを強めている」(『クィア・ディケンズ』一一一)と述べているとおり、男性の看護がジェンダー規範を逸脱しつつあることも示唆されている。『大いなる遺産』では、今回取り上げたジョーの例以外にも男性が男性患者を看護するという構図が繰り返し見られるため、ともすれば同性愛的要素だと見られる可能性があることも否定できない[8]。そういう意味で、容姿も性格も「優しい」看護人である男性たちが持つ男性性には、「両義的な」側面があると言えるだろう。

しかし、男性による看護とジェンダー・イデオロギーの構図が大きく揺らぐのはヴィクトリア朝時代後半のことで、『嵐が丘』の頃はまだそこまで至っていないというのが結論である。例えば、ヴィクトリア朝時代後期、南アフリカ出身の女性作家、オリーブ・シュライナー(一八五五—一九二〇)の小説『アフリカ農場物語』(一八八三)では、「新しい女性」リンダルの登場とともに、彼女の元婚約者であるグレゴリー・ローズという男性が女装して女性患者に看護を行う場面があり、完全にジェンダー・ロールを越境した行動になっている[9]。その意味で、初期ヴィクトリア朝小説である『嵐が丘』や『大いなる遺産』に見られる男性の看護行為は、理想的男性像を作り上げていく時代への過渡期にあって、極めて曖昧な境界線上におかれるべきものだと言えるのではないだろうか。

註

本稿は、JSPS科研費21K00405の助成を受けたものである。
引用文中の傍線部はすべて筆者によるものである。

（1）看護行為には患者への身体接触を含むことから、ナイチンゲール登場以前は、専門職の看護師は、ディケンズの中期小説『マーティン・チャズルウィット』（一八四三―四四）に登場する悪名高き看護師、セアリー・ギャンプのように、酒飲みの老女や売春婦まがいの者たちが担うものだった。病院に入院することも、よほど困窮しているものでない限り利用する場所ではなく、もっぱら医者に往診してもらい、家庭で家族や召使いの女性たちに看病してもらうのが常であった。ヴィクトリア朝小説においても、登場人物の病の場面はほとんど家庭内で繰り広げられており、家庭内看護が主流だったため、物語のヒロインや女性登場人物が女性性を発揮する行為として看護を行う場面が数多く登場している。

（2）特に、ジョン・ラスキン（一八一九―一九〇〇）の講演をもとにしたエッセイ『胡麻と百合』（一八六五）の第二講「女王の庭園について」で、以下の引用にも見られるように、

「癒す力、救済する力、導く力、そして守る力。杖と盾の力、触れる際に癒す王の手の力、悪魔

を縛り、捕虜を解放する力、正義の岩の上に築かれ、慈悲の階段だけで降りてくる王座の力。あなた方はこのような力を欲しがり、このような玉座を求め、主婦ではなく女王になりたいとはならないのだろうか？」（八八）

女性たちは、自分たちの持つ「癒しの力」が称揚されることで、いわゆる「家庭の天使」であることを求められた。看護はまさに癒しを与える行為であるため、女性的なものだという言説が一八六〇年代には確立していったことがここから伺える。

（3）軍隊における男性の看護については、ホリー・ファーノーが『感情的な軍人たち――クリミア戦争における感情・接触・男性性――』（二〇一六年）の中で、特にディケンズの『荒涼館』に登場する人物たちの分析（七八―七九）や、クリミア戦争時の看護兵について詳細な分析を行っている。また、ディケンズは『マーティン・チャズルウィット』で、主人公がアメリカで病にかかった際、看護の担い手たる女性がいないため、従僕のマーク・タプリーに看護してもらう。その後マークが病に倒れた際は、主人公のマーティンが看護の担い手となっている。このように、ディケンズ作品においては、女性の看護と同様、男性による看護も描かれているが、明確に女性看護人がいないときに限定されている点には注意を払う必要がある。詳しくは拙論「男が癒し手になるとき――『マーティン・チャズルウィット』にみる看護の諸相」一〇―一一頁を参照のこと。

（4）コンネルは、『マスキュリニティーズ』第一部第三章で、「ヘゲモニックな男性性」と「従属的な男性性」という二つの概念を提示している。「ヘゲモニックな男性性」としては男性の権威主義、暴力、攻撃性、所有欲、性的能力や異性愛といった性質が組み込まれ、「従属的な男性性」には前者の性質にあてはまらないもの、例えば女性的、臆病者、弱虫、クィアといった要素が含まれる

（七七―七九）。『嵐が丘』の男性登場人物に照らし合わせて考えると、前者はヒースクリフ、後者はエドガーに分類できるだろうが、エドガーはゲイではないため、単純に二分することはできない。コンネルは、「共謀」（七九）という概念を提示することで、「ヘゲモニックな男性性」と「従属的な男性性」の中間に位置する男性像を提示するが、この位置こそが、エドガーやディケンズの小説『大いなる遺産』に登場する鍛冶屋のジョーなどの立ち位置にあうように思われる。

（5）キャサリンがいわゆる「良い子」ではないのは、既に作品中でも第五章で父親から「なぜおまえはいつも良い子でいられないのかい、キャシー？」（三五）と指摘されており、ネリーからも常々言われているとおりに受け取られていたのは間違いない。その上で、自分でも「なぜあなたはいつもいい人でいられないのかしら、お父さん？」（三五）と言い返していることからも明らかなように、既成のイデオロギーに対する抵抗を示していると言える。一八四八年一月のアトラス紙による匿名の批評でも、

「年上のキャサリン――気難しく、せっかちで、衝動的であるが――地位のある紳士の妻になるという哀れな野望のために自分自身と恋人を犠牲にする。ゆえに彼女自身の悲惨さ――彼女の早い死――そしてヒースクリフの性格と振る舞いの残忍な邪悪さがあるけれども、私たちは幸福な愛でさえも虎が当然持つ凶暴さを押さえることができたと自分たち自身を説得させることはできない」（二七五）

とあるように、キャサリンには虎のような性質があると言われていることからも、明らかに彼女の性格が当時の理想的女性像とはかけ離れていることがわかる。

（6）ピップ自身についても、いわゆるヴィクトリアン・マスキュリニティの定義から考えると、姉、ミス・ハヴィシャム、エステラといった女性たちとのかかわりの中で、「男性性を獲得・発揮できていない状態」だったことは確かで、その意味では両義的とも解釈することが可能である。元々ジョーとピップの姉ミセス・ジョーとの関係は、いわゆる健全な性的役割分業を果たしていたとは言いがたい面があり、その意味で男性性を発揮しにくい状態にあったからである。

また、幼なじみであり、ピップが結婚を意識したビディについては、ジョーとビディとピップの間にホモ・ソーシャルな三角関係が生じているとみなすことができる。それゆえ、ジョーがビディと結婚することは、彼女がピップの代替であるとして機能していると同時にジョーの男性性を回復させることだとみなすことも可能であろう。ただ、同性愛的側面に関しては、ジョーとピップの場合にあてはまっているとは言いがたい。ジョーはあくまでもピップを「友情」「仲間」という絆で結ばれていると捉えており、二人の関係には親子の愛情部分が多い。むしろ、ジョーがピップの母親代わりであったことから、「互いを慰め」（四〇）あうことの方に重きが置かれていたと捉えるべきであろう。詳しくは、拙論「逆転の構図——*Great Expectations* にみる病と癒し——」一六六―七三頁を参照のこと。

（7）ドメスティック・マスキュリニティを論じる際は、むしろイヴ・コゾフスキー・セジウィックの『男同士の絆―イギリス文学と男性ホモソーシャルな欲望』（一九八五年）で提唱される「友愛的な（ホモソーシャルな）絆」（一）こそが重視されるべきだと考えられる。村山敏勝は、セジウィックはホモソーシャルの絆が、異性愛社会を成立させているという考えを全面的に打ち出していると述べている。また、村山は、「セジウィックにとって、ホモソーシャルとホモセクシュアルは連続はしていてもあくまで異なっている。女性を排除しているのはゲイ男性ではなくホモソーシャルな絆の方であり、この絆は自分自身を隠蔽するためのスケープゴートとしてホモフォビアを作動させる。」（二五）と、他の批評家たちが考えるホモソーシャルな絆とホモフォビアの関係とセジウィックの解釈との違いを説明している。

（8）ピップは遺産の恩恵者と勘違いしていたミス・ハヴィシャムや、本当の遺産の恩恵者であるマグウィッチを看護するが、ピップが行う看護に同性愛的要素は見られない。ファーノーも、『クィア・ディケンズ――エロティックス・家族・男性性――』（二〇〇九年）の中で、ジョーによるピップの看護は「明らかにエロティックではないモードで機能する」（二〇六―二〇七）と述べており、ホモエロティシズム的に捉えることはできない。ただし、ファーノーがピップの友人であるハーバート・ポケットがピップの怪我の手当をしてやる場面には濃厚にホモエロティシズムの要素が見られると指摘している（二〇七―一〇）。

（9）オリーブ・シュライナーの作品事例は非常に興味深く、看護を担う男性が女装して元婚約者の女性を看病する場面が見られる。つまり、この作品が発表された時点で、男性が看護を行うことはほぼ想定されていない。言いかえるならば、男性の看護行為はジェンダー・ロールの越境となってしまっているということを意味するのである。さらに、この作品の看護人であるグレゴリー・ローズは、ヒロインであるリンダルの元婚約者であるが、姓に「ローズ」という花の名前を付与されているところからも女性的要素を垣間見せ、また、自分の女装した姿を鏡で確認している場面が登場し、ジェンダーが曖昧になっていくところが描写されている。詳細については、拙論「『アフリカ農場物語』における男性による看護――ディケンズ作品と比較して――」二一一―二二頁を参照のこと。

引用文献

Anonymous. "*Atlas*, January 1848." *Wuthering Heights*, A Norton Critical Edition, 5th ed., Norton, 2019, pp. 273-75.

Bourrier, Karen. *The Measure of Manliness: Disability and Masculinity in the Mid-Victorian Novel*. U of Michigan Press, 2015.

Brontë, Emily. *Wuthering Heights*. A Norton Critical Edition, 5th ed., Norton, 2019.

Connell, R.W. *Masculinities*. Second ed., Routledge, 2005.

Dickens, Charles. *Great Expectations*. Oxford UP, 2008.

Friedman, Dustin. "Unsettling the Normative: Articulations of Masculinity in Victorian Literature and Culture." *Literature Compass*, vol. 7, no.12, 2010, pp. 1077-88.

Furneaux, Holly. *Queer Dickens: Erotics, Families, Masculinities*. Oxford UP, 2009.

――――. *Military Men of Feeling: Emotion, Touch, and Masculinity in the Crimean War*. Oxford UP, 2016.

Ingham, Patricia. *The Brontës*. Oxford UP, 2006.

Michael Jones, D., *The Byronic Hero and the Rhetoric of Masculinity in the 19th Century British Novel*. McFarland & Company, Inc., Publishers, 2017.

Ruskin, John. *Sesame and Lilies*. Ed and introduction by Deborah Epstein Nord, Yale UP, 2002.

Sedgwick, Eve Kosofsky. *Between Men: English Literature and Male Homosocial Desire*. Columbia UP, 1985.

Tosh, John. *A Man's Place: Masculinity and the Middle-Class Home in Victorian England*. Yale UP, 1999.

――――. *Manliness and Masculinities in Nineteenth-Century Britain*. Pearson, 2005.

西垣 佐理「逆転の構図――*Great Expectations* にみる病と癒し――」『関西学院大学英米文学』第四四巻

第一号（一九九九年）一六一―七四頁。

――「男が癒し手になるとき――『マーティン・チャズルウィット』にみる看護の諸相」『ディケンズ・フェロウシップ日本支部年報』第三一号（二〇〇八年）三―一五頁。

――「『アフリカ農場物語』における男性による看護――ディケンズ作品と比較して――」『ディケンズ・フェロウシップ日本支部年報』第四〇号（二〇一七年）一五―二八頁。

村山敏勝『（見えない）欲望へ向けて――クィア批評との対話』人文書院、二〇〇五年。

第五章　女性の居場所と職業
――二〇世紀犯罪小説の看護師探偵たち――

中川千帆

Ⅰ．はじめに

犯罪小説においてはっきりとジェンダーロールを越境したのは、一九七〇年代に現れたハードボイルド女性探偵であった。[1] 第二波フェミニズムの中で現れた、スー・グラフトンが生み出したキンジー・ミルホーン[2]やサラ・パレッツキーによるV・I・ウォーショースキー[3]は、女性たちが現実に経験していた、社会のさまざまな領域に進出する際の闘いを小説の中で同時に闘っていた。しかし、女性探偵が登場したのはそれよりずっと前の一九世紀後半である。アメリカではダイムノベルの中で、またイギリスでは有名なところでキャサリン・ルイーザ・ピルキスの『淑女探偵ラブディ・ブルックの経験』やバロネス・エマ・オルツィの『スコットランド・ヤードの淑女探偵モリー』などで女性探偵が描かれてきた。[4] これらの女性探偵の活躍は短編集や長編一作だけの単発に終わることが多かったが、両世界大戦間のいわゆる「推理小説の黄金時代」には、アガサ・クリスティのミス・マープルやグラディス・ミッチェルのミセス・ブラッドリーなどシリーズに登場する女性探偵が生み出された。彼女たちはフェミニストとは言い難いが、昨今、彼女たちとジェンダーイデオロギーとの複雑な関係を分析する研究が多く見られるようになっている。

本章では、同じく黄金時代のアメリカで出版された看護師探偵シリーズに注目する。メアリ・ロバーツ・ラインハートは、ヒルダ・アダムズという看護師探偵を生み出し、ミニョン・G・エバハートはサラ・キートという看護師に次々と事件を解決させた。[5]これらの看護師探偵の特徴を端的に表現しているのが、〈サラ・キート〉シリーズ中の次の一節である。

・・・常緑樹と影と陰鬱な古い家の周りをぐるりと囲んで、堅牢な壁がそびえていた。私がいるのはその古い家の内であり、殺人鬼はその晩、その内を歩いたのだった。
ここは他からは隔てられた別世界だ。そしてわたし、サラ・キートは現時点までは品位ある、尊敬されている独身女性だったのに、この恐ろしい世界に関わりあってしまった。自分の職業のために、ここにいなければならないとは！[6]

サラ・キートは自分自身を「品位ある、尊敬されている独身女性」と称している。それが、看護師である自分の社会的位置を意識した彼女のアイデンティティであることは明らかだ。しかし、彼女は、殺人の起こった不気味な家に職業上、留まらざるを得ない。女性の居場所とされる自分の幸福な家庭ではなく、犯罪が起こる他人の家が彼女の居場所である。看護師として、探偵として、彼女は依頼人の健康を回復させ、犯罪を解決し、平和な家庭を取り戻させることを仕事としているからだ。本章では、二人の看護師探偵の特に行動範囲という点からその境界的位置を確認し、看護師と国家・家庭のイデオロギーの関係を分析した後、第二次世界大戦中を舞台とする二作品を取り上げてヒルダ・アダムズとサラ・キートの探偵としての活動を分析する。刑事の依頼を受けて仕事を請け負うヒルダ・アダムズと「たまたま」仕事をする場所で事件に出会うサラ・キートでは、警察権力との関係に違いがあるが、ラインハートとエバハートの描く看護師探偵はどちらも同じく、ジェンダーの規範を積極的に守りながらも、同時に逸脱する。看護師探偵たちは、「女性らしさ」を自分たちの特徴としつつも、同時に「女性らしさ」に込められた社会的制限を乗り越えている。彼女たちの活躍は家庭の内に留まらない。それどころか、彼女たちの活躍は、間接的に国家に貢献する。しかしまた、それも「女性らしさ」と家庭性の言説に潜在的に含まれていた資質の体現であり、それが拡張された結果でもあるのである。

Ⅱ．看護師の行動範囲・居場所

探偵であるからには、事件現場や犯罪が起こる場所に行くことができなくてはならない。レイモンド・チャンドラーがいうように「危険な街」[7]が彼らの居場所である。C・オーギュスト・デュパンやシャーロック・ホームズがパリとロンドンという大都市と深く結びついているように、家の外、大都市の雑踏が探偵たちの居場所である。[8] ハードボイルド女性探偵が登場するまで、女性探偵たちの進出を妨げる一つの要素がこの活躍する場所の問題であったといえるだろう。女性の行動範囲を拡大させ、探偵の役割を可能としたその一つの（フィクションにおける）方法が、本章で注目する看護師という職業である。イギリスではフローレンス・ナイチンゲールが一八六〇年に看護学校を設立し、アメリカでは一八七三年にそれにならった三つの看護学校が設立されている。[9] 一九四三年に書かれた看護師教育の研究書において、イザベル・メイトランド・スチュワートはこのような近代看護師は、結婚・家庭の外に若い女性の能力を発揮する領域を確保するものであったと主張している。フローレンス・ナイチンゲールの言葉を引用しながら、スチュワートは看護師という職業が家庭の中に限られていた若い女性たちの活動範囲を広げ、彼女たちの能力を生かす方法を与えたことを主張する。看護師という職業は彼女たちの「力を有用に存分に使うことを可能にする〈行動の領域 "spheres of action"〉」を確保することだったのだとスチュワートは指摘している。[10] このように、看護師という職業は、女性たちに広い世界へと旅立つ新しい手段を与えた。現実世界の女性たちの行動の領域を広げたのと同時に、看護師という職業はフィクションの世界では女性が冒険をすることを可能にもした。

看護師探偵という点で、ヒルダ・アダムズとサラ・キートの原型といえるのは、グラント・アレンの一八九九年に出版された小説『ヒルダ・ウェイド――目的を決して諦めない女性』である。ヒルダ・ウェイドはまごうことなき冒険する女性である。[11] ヒルダ・ウェイドは、シャーロック・ホームズのような推理力とフォトグラフィックメモリなどの優れた能力を持つ女性として描かれている。彼女が諦めることなく粘り強く追いかける目的とは、殺人の汚名を着せられて死んだ父の無実を証明することである。彼女は物語の中で、その目的が果たせない限り、決して結婚することはないと高らかに宣言する。父を陥れた男との追いつ追われつの冒険は、彼女をアフリカへ、そしてインドへと旅をさせる。物語は二人がイギリスに帰り着き、殺人犯が死の床で自分の罪を告白することで幕を閉じる。勇敢で優れた知能を持つヒルダだが、物語の結末では父の汚名をそそぐという目的を晴れて達した後、彼女の冒険の協力者であり、物語の語り手である男性と結婚して「女性のいるべき空間」に入ることが予想される。ヒルダ・ウェイドは、制限時間つきで女性の行動範囲を越境する看護師探偵といっていいだろう。この作品についてアーリーン・ヤングは、看護師であることがヒルダにとって「独立性を保証する職業人としてのステータス」を提供するとともに、「能力を裏書きする」ものであったことを指摘し、「看護師であることとフィクションの世界の刺激的な冒険の連想はその後の作家にも受け継がれ、実際看護師であることが、冒険の手段というよりも想像力を生む源となったのである」と主張している。[12] そのヤングの主張を反映するもっとも適切な例は、アメリカで一九三〇、四〇年代から出版された少女小説に見ることができる。看護師を主人公とした少女小説〈スー・バートン〉シリーズや〈チェリー・エイムス〉シリーズは、主人公がさまざまな場所で看護師として活躍する物語である。[13] ときには、事件を解決し、冒険する少女看護師たちは看護師探偵ともなっている。

一方、成熟した大人の女性であるヒルダ・アダムズやサラ・キートの行動範囲は、犯罪が起こる個人の邸宅と病院に限られている。スチュワートは看護師という職業が女性の行動範囲を拡大させたと主張したが、ヒルダとサラの活躍の場所は、ヒルダ・ウェイドや少女小説の看護師たちよりはずっと限られた世界である。彼女たちが個人の家庭を舞台として活躍するのは、彼女たちがいる場所は主に家庭的空間である。「自分の家」よりは広い範囲ではあるが、ヨーロッパとは違い、アメリカでは教育・訓練を受けた看護師も二〇世紀半ばまで個人の家庭で働く「プライベート・デューティ・ナース"private duty nurse"」として働くことが多かった現実を反映している。近代的看護師の成立以降も、伝統的な労働形態を持続する形で、病院や看護学校は訓練を受けた看護師を個人の家庭に派遣していた。大恐慌の際に需要が減少し、第二次世界大戦に入って病院看護師不足が生じたこともあり、やがてこの労働形態は主流ではなくなっていくが、ヒルダ・アダムズもサラ・キートも活躍の主な場所はプライベート・デューティ・ナースとして働く個人の家となっている。

危険な街ではなく個人の家庭で活躍する看護師探偵たちは、職業的立場を最大限に生かして、人々の行動を観察し、凶器や証拠を探す。加えて、必要に応じて、観察結果を報告したり、怪しげな人間を尾行したりするために町に出ることもある。『ミス・ピンカートン』の中で、ヒルダ自身が言う通り、彼女たちは目立たずに行動できる忘れ去られた存在である。

個人の家で働くプロの看護師についていえることが一つある。それは昼も夜も動き回っていても何も不思議に思われないということだ。事実、その家の人びとは彼女がそこにいることさえ忘れていたりする。彼女の仕事は、患者のことだけなのだから。その仕事をしているとき以外は、彼女は機械くらいにしか思われていない。家の人びとが気にするのは、ちゃんと彼女にも食事を与えておく、希望があれば業務時間外に休憩時間を与えてやるくらいのことだろう。でも彼らは、彼女が自分で考える頭を持つ人間だとは思ってもいない。彼女が想像よりも多くの物事を目にし、その目にしたことを利用することがあるとは考えもしない。わたしがやっているのは、その考えもしないことなのだ。[14]

家庭内の看護師は、曖昧な立場に置かれている。看護教育が成立する前に存在した、他人の家庭内で働く看護師は、文字通りの使用人でしかなかった。しかし、中産階級の女性たちが品位を保ちながらも就くことができる職業として成立した後も、看護師に対する人々の認識は追いついていなかったことがうかがわれる。おまけに、アメリカでは、大学での看護師教育は一九一〇年に始まり、一九一六年には大学の学位を取れるコースが開設されている。ヒルダ・アダムズは大学で看護師資格を取ってはいないものの、大学教育を受けた看護師として描かれている。にも拘わらず、彼女の扱いは召使と変わらない。「閉じられたドア」の中でヒルダはこう言う。

多くの人はプロの看護師を上級召使みたいなものだと思っている。まえに働いていたある家庭の人は、わたしが大学教育を受けたことを知って驚いていた。わたしが看護師なのに大学に行ったことが解せないらしく、病院で看護師になったのは、わたしが恋に破れて自暴自棄になったために違いない、と面と向かって言われたこともある。[15]

専門的な教育を受けた職業を持つ女性であるにも拘わらず、またはそれゆえにか、ヒルダには中年女性に対するステレオタイプが向けられている。中年以上の独身女性、つまり「いかず後家」の女性たちは、しばしば悲恋の過去があるとして見られていた。結婚していない女性にはそれを断念せざるを得ない悲しい過去があったのだ、という偏見にヒルダもさらされている。誇り高く職業を持つ「品位ある、尊敬されている」女性であるはずのヒルダも、独身女性である限り、恋に破れて自暴自棄になった女性として見られているのである。

女性は探偵キャラクターとしてふさわしくない、とドロシー・L・セイヤーズが述べたことは有名である。セイヤーズは、ジェンダーの選択を正当化するために「イライラするくらい直観的」に描かれている女性の探偵たちは、推理小説の論理的な思考実践の喜びを台無しにしているという。加えて、結婚がちらつくことによって物語の焦点がずれてしまうことも女性が探偵に向かない理由だとする。セイヤーズは男性の探偵たちが三〇代や四〇代であるのに、女性の探偵たちが二〇歳前後に設定されていることも、信憑性に問題を生じさせていると鋭く指摘する。[16]女性は結婚をすべきであり、また、したがるものという考えの下、描かれる若い女性の探偵キャラクターたちは、多くの問題を内包していたのである。

看護師であるヒルダとサラには、そのような問題はない。彼女たちは中年であり——ヒルダ・アダムズは最初の作品では二九歳であるが、最後の作品では四〇歳近くの白髪交じりの女性となっている——、結婚するとかしないとかといった問題のない、品位ある、尊敬される独身女性である。その上、専門知識を持つ看護師であることは、単なる「女性的」直観ではなく、特殊な資質を持った探偵としての条件を満たすことになる。一方で、彼女たちは看護師であることによって「女性らしさ」を強調した資質と特性の持ち主でもある。看護師探偵たちは、家庭や家を持たず、母親でも妻でもないが、他人の家という家庭的空間においてその「女性らしさ」を生かして働く存在である。彼女たちは、矛盾に満ちた存在なのである。

Ⅲ．看護師と家庭、国家、戦争

第二次世界大戦中を舞台とした作品では、看護師探偵たちが果たす役割がより大きな家庭（"home"）、つまり国家（"home country"）に対する貢献の意味があることがはっきり浮かび上がっている。看護師の地位の向上にナイチンゲールのクリミア戦争やクララ・バートンの南北戦争のように、戦争が大きな役割を果たしたことは広く認識されているが、戦争と看護師そして家庭の関係を確認するために、再びフローレンス・ナイチンゲールに言及しておきたい。二〇世紀の看護師の描写について考察する際には、時代的・文化的齟齬があるように見えるかもしれないが、スーザン・ゲルファンド・マーカはナイチンゲールのヴィクトリア朝的な看護師のアイデンティティは第二波フェミニズムまで続いていたとする。「制服や看護師帽、ろうそくに火をともす儀式に込められた意味や、看護師の多くの一般的なイメージ」は、ナイチンゲールの影響が持続していたことを示しており、このように近代的な看護師のアイデンティティは「ナイチンゲールのヴィクトリア朝的文化」によって形成されているとマーカは指摘している。この「ヴィクトリア朝的パラダイムの支配」が終焉したのは、第二波フェミニズムのときであったとマーカはいう[17]。したがって、これらの看護師探偵小説のヒルダもサラも、ヴィクトリア朝的伝統を引き継いだ中で描かれているのである[18]。

フローレンス・ナイチンゲールに関する言説について、メアリ・プーヴィーは女性らしさと軍隊的な側面の両方を指摘している。そして、その理由は、家庭をめぐる言説の中に実は攻撃的な／軍隊的なものが潜んでいるからだと主張する。ナイチンゲールの表象において、看護という仕事の中に取り込まれた女性性に攻撃性が見られるのは、女性の仕事の概念の中に攻撃性・好戦性がもともとあったからだとプーヴィーは指摘し、イザベラ・ビートンの『家庭経営法』の序章を引用する。ビートンは冒頭で、「一家の女主人は軍隊の指揮官、またはどんなものであれ事業の指導者のようなものである」と宣言している[19]。その「男性らしさ」はしかしながら、レトリックなどによって中和されてきたのだとプーヴィーは指摘する[20]。

ビートンの『家庭経営法』のようにアメリカで家庭のあり方を議論したものとして代表的なものに、キャサリン・ビーチャーの『家庭経済論考』(一八四一)、そしてそれを妹のハリエット・ビーチャー・ストウとともに改稿した『アメリカの女性の家』(一八六九)が挙げられる。ビーチャーは、将来、家庭運営をうまく行うためには少女たちには科学的・身体的な訓練が必要だと説くのであるが、その概念自体、軍隊的なイメージが想起される。ジェーン・トムキンスはこの二作について、女性が家庭を管理運営することが「世界征服のための前提条件」として議論されていると示唆している。「この家事マニュアルの百科事典的知識と一途な実用性の背後にある、帝国主義的な動機」は、「アメリカの家庭性崇拝を伝統的に貶めてきた」自画自賛的で自己満足的だと見る見方と矛盾しており、実は、アメリカの女性の家は、「家庭国家」の名において世界を征服するための「ブループリント」なのだとトムキンスは主張している[21]。エイミー・カプランは、この軍隊的/好戦的家庭性がどのように帝国主義の言説と関わっているのかを説明する。女性は家の内と外において「異質なもの」「外国のもの」から守る役割を担っている。よって、カプランによれば、「家庭の言説は、外から、そして内から迫る「異質なもの/外国のもの」の脅威に対向するため、女性の影響を家と国家を越えて広げていくと同時に、女性の領域を家庭内に限定していくという二方向の動きを通じて、帝国の矛盾を是正しつつも再制定するもの」なのである。[22]

この言説は、第二次世界大戦期にも受け継がれている。家庭にいる女性が戦争努力に参加しているのだという言説は、当時のファーストレディであるエレノア・ルーズベルトの『リーダーズ・ダイジェスト』一九四四年一月の記事にも見られる。ルーズベルトは「戦争の前線 "fighting front"」で戦争に従事する女性、つまり従軍看護師と同様に、「家庭・国内の前線 "home front"」で戦争に従事する女性を並べて称揚する。アメリカの女性たちは、「戦争の前線と家庭・国内の前線の両方で素晴らしい仕事をしている」とルーズベルトは褒めたたえ、いつもと変わらない家事をしているだけであっても「自分たちで気づいている以上に戦争努力に貢献している」と女性たちを鼓舞する。[23] それは一九四三年出版のベティ・クロッカーの料理本の前書きにも見られるように、一般的に使われているレトリックでもあった。この料理本の前書きでは、女性たちがアメリカの過去の女性たちの遺産を受け継いで、「家庭・国内の前線で兵士としての役割」を果たしているとする。戦争中に手に入る材料で作れる料理を紹介するこの料理本では、アメリカ女性たちは家庭の中で戦っているのだと褒めたたえるのである。[24]

このように一九世紀後半から二〇世紀にかけて、戦争のレトリックの中で、女性の家庭性は好戦的に表現されるだけでなく、実際の戦争努力と具体的に結びつけられ、内と外において、国家を守り、異質な存在と戦うものとして認識されている。女性の家庭性を職業として専門的に昇華した看護師たちは、戦場で従軍看護師として働くことで直接的に、また国内において病院や個人の家庭内で看護をしながら探偵として働くことで間接的に、その言説を体現しているのである。

Ⅳ．家庭の前線の看護師探偵たち――『人の服を着た狼』と『秘密』――

ミニョン・G・エバハートの『人の服を着た狼』と、メアリ・ロバーツ・ラインハートの『秘密』では、個人の家に派遣されて働く看護師として働く二人が、戦争の前線ではなく、家庭の前線において軍隊的家庭性／家庭的軍隊性を発揮している。どちらの作品でも、戦争の前線に出ることができないことを看護師探偵が悔やむ場面が置かれることによって、家庭の前線における彼女たちの活躍の意味と戦争の前線での戦いの連続性が強調されている。

『人の服を着た狼』では、サラ・キートは第一次世界大戦での従軍経験を思い返しつつ、現在従軍できないことを心から残念に思っている。

戦争の新しい局面が気になる。そして、何度も願ってはいることではあるけれど、戦争に行かせてくれればよいのにと切実に思う。前の戦争のときには、ずっと前線で看護したものだ。今は二〇歳年を取り、三〇パウンド体重は増えているけれど、年取った馬についてよく言うように、呼吸も手足もいたって良好なんだから、戦争に行かせてくれたっていいのではないだろうか。痛みを伴う記憶がフッとよみがえる。フランスの泥が見え、雨の降る寒い中、甘くむっとするエーテル（すぐに使い切ってしまうのだが）と消毒液の匂いが思い出せる——それはどれも二〇年前の話だった。そのことを思い、そしてバターンとコレヒドール島のことを考えた。そこにいる看護師たちと、彼女たちがやっていることに思いを馳せた。

心の中で彼女たちにお辞儀をした。でも、それは自分もそこに行きたいという気持ちからでもあった。そして戦争のことを忘れるために、窓から見える外の景色に目を向けた。[25]

年齢のために戦争に行くことが叶わないサラは、今、個人の家庭に派遣される看護師として働いている。そこで出会う事件が戦争に深く関わっていることがわかるのが、『人の服を着た狼』である。

『人の服を着た狼』は、サラが二〇代の同僚看護師とともに、新しい勤務先を訪れるところから始まる。そこで玄関に出てきた使用人などの反応から、一緒にやってきた同僚ドリュー・ケーブルがその家の主人の息子クレイグ・ブレントとかつて短期間、結婚していたことを知ることになる。ドリューは一年前、不可解な状況でクレイグと離婚させられていたのだった。クレイグが謎めいた銃の事故でケガをし、看護師の派遣の要請があったことに乗じて、ドリューは協力してくれそうなサラを指名してここにやってきたのだと言う。息子を外交官にし、裕福な女性と結婚させることを画策していたクレイグの父、コンラッドは、クレイグとドリューとの結婚に反対していた。一旦は結婚を許したように見えたものの、コンラッドは策略を巡らせ、クレイグとドリューを離婚させたのである。ブレント家に乗り込んでその事情を明らかにしようとしたドリューは、コンラッドに次の日には出ていくように言われるが、その晩、コンラッドが毒殺され、殺人犯として疑われる羽目に陥る。そこで、同僚看護師の無実を信じるサラは、犯人捜しと不可解な離婚の背景を探り始めるのである。

サラの捜査は、最終的には家庭内に潜む国家の敵をあぶり出すものとなる。黄金時代の推理小説によく見られるように、舞台となる家には、多数の人が住み、出入りしている。近所に住み、ブレント家の家族の一部といえる医師シヴェリとその妻、クレイグの学友だというピーター・フューバー、クレイグと結婚することを望んでいたのに父親のコンラッドと結婚したアレクシア、アレクシアの双子の兄ニッキーなど、ブレント家は、血縁者のみならず、さまざまな関係の人々から構成されている。やがて医師シヴェリも刺殺され、残った人々の中から、サラはクレイグを銃で撃った犯人とコンラッドとシヴェリを殺した犯人を捜すことになる。サラが捜査を進めるうち、アメリカのナチズム団体「ドイツ系アメリカ人協会」のメンバーに振り出したコンラッドの小切手が見つかるに至り、この事件は単なるブレント家内の愛憎のもつれではないことがわかる。ドイツ系移民の息子であるコンラッドには、「ノルディックの血」の優秀性を信じてナチスに傾倒していた過去があったのだ。『人間の服を着た狼』の事件は、アメリカ国内のある家庭で起きる事件であるが、国外でアメリカの兵士たちが戦っているのと同じ敵との戦いでもあるのだ。

とはいえ、実際にはこの事件は政治的な陰謀を巡るものではなく、ブレント家に潜んでいたドイツ人による恐喝事件であった。ピーター・フューバーはクレイグの学友ではなく、実は沈没した潜水艦から逃げ出したドイツ人兵であり、事件の真相はコンラッドを過去のナチス崇拝に乗じて恐喝していたが、言うことをきかない彼を最終的に殺したというものだった。クレイグはピーターと見間違えたコンラッドに撃たれ、医師シヴェリはコンラッドの死因に関わる証拠を持っていたため、ピーターに殺されたのである。複雑な人間関係と誤解が重なる中、真相はなかなか明らかにならないが、ブレント家の内に潜んでいるナチスを発見することによって事件は解決する。看護師探偵の活躍によって、ドリューの無罪が明らかになると、クレイグとドリューは晴れて再び結婚することになる。父親の干渉から自由になったクレイグは、自分の夢であったパイロットとなり、戦争に参加するのである。

戦時下におけるブレント家の危機が父親に息子が撃たれたことから表面化するように、一つの根深い問題は、父親と息子の関係にある。息子は父親の権威と経済力に服従してきた。父親の望む仕事に就き、父親の望む息子となろうとしてきた。ドリューとの結婚は、彼の反抗の最初のしるしだったが、すぐに父親の意志に従い、その反抗は途中で終わってしまった。このブレント家の問題は、父親の命令に背いて息子が自分の妻ドリューを探さなかったことだとサラは考えている。

問題は、もちろん、クレイグ・ブレントが彼女を探そうという努力を何もしなかったことにある。今日、私が思うに、父親たちは息子たちに独裁者のように命令することはない。息子たちがそうはさせないのだ。息子たちは、実のところ、こんな風に言う。「オーケー、パパ、必要ならば溝堀の仕事をしたっていいんだ、でも僕は自分の妻と結婚して、彼女を支えるんだ[26]」

父親の支配下にあるクレイグは、自分の妻を自分の意志で選ぶことをあきらめてしまっている。今どきの息子たちは、父親の経済力や権威に屈することなく、自分で自分の愛する妻を選び、たとえ肉体労働をすることになっても自分の選んだ生き方をするものなのに、とサラはクレイグにふがいなさを感じている。サラがいっていることは、ある意味、アメリカらしい「セルフ・メイドマン」の理想である。自分の生まれた血筋や財産などの特権から自由になって――というより、本来はむしろ社会的に恵まれない地位を自分の力で抜け出て――自分の望む妻と結婚し、自分の望む生活を手に入れるべきだという考えである。父親のナチスとの関わりを示す小切手を警察になかなか見せなかったクレイグの様子を見て、サラはクレイグが「自分の中で奇妙な戦いを戦っている」ことに気がついていた。彼は「見たこともない、想像でしかない、得体の知れないものを暗闇の中で探っている」のだった。[27] それはクレイグの父親の権威との戦いだったのである。

家の中に潜むナチスの影と、父親の権威との戦いであるこの小説は、父親の父親の国、ドイツと戦うアメリカの息子の物語でもある。ブレント家からナチスを排除することは、父親の父親に対する服従を断ち切ることとなり、クレイグは晴れて自分の望むパイロットとなってアメリカ人兵士として戦争に参加することになる。父親の反対していた妻と再び結婚して、クレイグが作り上げるのは真なるアメリカらしい家庭だといえるだろう。それを手助けするのが、サラである。「女性らしい」仕事をすることにより、看護師探偵は、父親と息子の対立、父親の国と息子の国の軋轢と葛藤に介入し、解決に導く。彼女は看護師として、また同僚看護師の味方として、ブレント家に入り込んだ異質な分子を見つけ、危機を終焉に向かわせる。結末では、ドリューは看護師をやめ、ブレント家の内部に妻として居場所を見つけることになる。サラのおかげで、ブレント家は内に敵が潜む家から、戦争にパイロットを送り出す、立派なアメリカの家庭へと変化を遂げるのである。戦争に行けないことを嘆いていたサラは、家庭内・国内の前線で敵と戦い、勝利をもたらすのである。

一方、〈ヒルダ・アダムズ〉シリーズにおいて、第二次世界大戦が登場するのは、最後の中編作品の『秘密』である。出版は一九五〇年であるが、物語の舞台は第二次世界大戦中に設定され、サラのようにヒルダ・アダムズは、自分が戦争に行けないことを嘆いている。物語は、彼女が戦場に行く希望を出したのにも拘わらず、断られて憤慨しているところから始まっている。

ヒルダ・アダムズは怒っていた。彼女はバッグをバチンと閉め、立ち上がった。
「そういうことですか」彼女は言った。「わたしには若さも健康も足りないから国外には行けないけれど、国内でなら死ぬほど働けるということなんですね。もしわたしが新しいパーマをかけて、エステに行ってから来ていれば、合格したのかもしれませんけど」
机の向こうの男性は彼女に笑いかけた。
「すみません」彼は言った。「戦争はもう終わりそうですけどね。ともかくあなたの心臓は・・・」(28)

戦争に行くことを年齢と健康によって叶えられなかったヒルダも、国内で看護師として、そして探偵として働くことによって、国内と家庭の平和に貢献することになる。この第二次世界大戦中を舞台とする物語は、家庭の内の事件を解決する看護師探偵の事件にどのように戦争が関わってくるのかを間接的ながら明らかにしてくれる。

今回、ヒルダが請け負うことになった仕事は、ローランド家に侵入して若い女性トニーの行動の謎を解くことである。彼女が潜入するローランド家は、年配の女性アリス・ローランドと、その義理の妹ニーナ、そしてその娘のトニーからなっている。軍人の父親とともにハワイにいたトニー・ローランドとその母親、ニーナ・ローランドは、真珠湾攻撃後、父親を置いてアメリカ本土に戻ってきていた。父親の姉である伯母のところに身を寄せていた母娘であるが、娘トニーはたびたび母親を殺そうとするという異常行動を見せているという。これから起こるかもしれない事件を案じて、フラー刑事はヒルダ・アダムズにローランド家へ潜入させる。ヒルダの捜査の結果、まずわかったことは、トニーは最近、婚約を解消したということである。その他にもトニーは母親を夜になると部屋に閉じ込めるという不思議な行動をとっている。最終的には、さまざまな不可解な事件は、母親がハンセン病を患っているのだと誤解した娘が、母親の病を世間から隠すために行っていたことだということがわかる。しかし、その過程において、ニーナのハンセン病を疑う手紙を読んだ伯母をニーナが殺してしまう。ニーナは隔離されることを恐れたのである。やがて、ニーナも自殺して事件は終結し、トニーは晴れて婚約者と結婚する。

この物語で大きな脅威として描かれているのは、一見、ハンセン病であるように見える。トニーの不思議な行動の背後にあったのは、ハンセン病に対する恐れである。一家に潜む病気が最大の謎であったとすれば、看護師探偵物語らしい物語といえるかもしれない。上述の「異質なもの」に対する不安は、病気に対する恐怖によっても示されているとエイミー・カプランは主張するが、この小説でも病気が家庭における「異質なもの」の脅威であるように見える。カプランは「アメリカの女性の特徴である、病気や慢性疾患に対する恐怖」は内部に潜む「異質なものに対する不安のメタファーとして」機能しているという。「家庭的な帝国」は、「飼いならし、文明化すべき国民たち」——つまり荒野に住む人々や外国人の召使である——からの感染の危機にもさらされているからだ。[29] ニーナがハンセン病に感染しているのかもしれないという恐怖は、このカプランのいう異質なものへの不安を体現している。ハンセン病ではないかという疑念は、ニーナとトニーがアメリカ本土に引き上げてくる際に置いてこなくてはならなかったニーナのメイドがハンセン病であったことから生じているからだ。アメリカに併合されたハワイの現地人のメイドから病気をうつされたのかもしれない、と恐れることは、アメリカの拡大に対する国内の不安を映し出している。と同時に、第二次世界大戦における東方への勢力拡大に対する不安でもある。トニーの行動は、この不安を封じ込め、なかったことにしようとしているといえる。だがそれがもたらすものは、家庭の崩壊である。自分の結婚も諦め、ただ母親を見張るトニーは、不安を解消することもできなければ、家庭に安定をもたらすこともできない。

実際は、ハンセン病はこの小説の本当の脅威ではない。必死で隠していたニーナの腕の湿疹を一目見るだけで、ヒルダはそれがハンセン病でないことを見て取る。看護師探偵は、病気を見つけるのではなく、病気ではないことを見つけることになる。ハワイ人からうつされた病は、ローランド家の不幸の源ではなかったのである。家庭を脅かす真の脅威は、外から入ってきた異質なものではなかったのである。

その代わり、ヒルダはこの家庭に巣くう本当の病を発見する。それは有機的な病ではなく、象徴的なレベルの病である。ハワイ人から母親が病気をうつされたのかもしれないと考えた理由は、ニーナが指一本動かさず、ハワイ人のメイドの世話に頼りきりだったからである。安全なアメリカ本土で平和な生活を過ごしながらも、真珠湾攻撃のショックを口実にニーナ・ローランドは今でも一日の大半をベッドで過ごしている。ニーナの怠惰な態度も、トニーの不思議な行動も、すべて真珠湾攻撃のショックのせいだ、ということになっている。彼女たちがアメリカ本土に引き上げて来てから、かなりの年数が経っているのにも拘わらず、である。ヒルダはこの家に来て早々、ローランド家に蔓延する奇妙な一つの態度に気がついている。

なるほど、そういうことなのか、とヒルダは古風な時計を取り出して、患者の脈を測りながら考えた。すべてが戦争のせいにされていた。ローランド夫人は夫を心配し、真珠湾のことでまだ気を病んでいた。もう四年も経とうとしているのに。彼女の娘は二回、彼女を銃で撃とうとし、車で殺そうとしたというのに、それでも問題は戦争なのだ。[30]

ヒルダは、この家庭の真の問題が戦争によって受けたショックではないことに気がついている。

トニーの不思議な行動の原因をしっかり探り、本当の問題に向き合うべきなのに、ローランド家の人々は、トニーに対しても無関心な母親に対しても腫れ物に触るように対応するのみである。ヒルダはそれが問題だと考えるのだ。

ヒルダのこの考えは、女性が戦争から隔離され、守られていることはよいことではないとするエレノア・ルーズベルトの意見とも共通するといえるだろう。先に挙げた記事の中で、ルーズベルトは、「女性を戦争から隔離しておくという考え」を「近視的な政策」だと主張している。やがて戦争が終わったときに、離れ離れだった夫婦は再び生活を共にすることになる。その「再適応」の際に、「同じような試練」を経験していることが重要だとルーズベルトは言っている。[31]

「神経の過敏な」女性として怠惰な生活を送るニーナ・ローランドは、ハワイに留まっている兵士である夫と「同じような試練」を経験することは決してない。指一本動かさず、自分の「病」に浸るのみである。このような女性に対する疑念は、作者自身の実体験から来ていることでもある。ラインハートは自伝『私の物語』の中で、同居していた自分の伯母セイディが「デリケートな」性質のため、何もせずにただ休息をとるだけの人生を送ったことに繰り返し触れている。

一体彼女は何から逃避していたのだろうか？　なぜなら、そういった状況はたいていい逃避であるということを今、わたしたちは知っているからだ。何からの？　ときどき見せる伯父の癇癪からの？　それとも子供を育てることからの？　それはたぶん子供を育てることからだったのだろうとわたしは思う。伯父は子供をひどく欲しがっていた。

でも彼女がガンで死んだ日、それは何年も後のことだったが、彼女は完ぺきな家の内で、美しい手を重ねて、小さなショールを肩にかけて座っていた。わたしは彼女を賞賛と畏怖の目で見つめた。隙間風は彼女に当たることがなかったし、新鮮な風が、夜、彼女の部屋にふきこむことはなかった。ときどき彼女は繊細に咳をしていた。でも結核ではなかった。逃避。何からの逃避だったのか？[32]

伯母のセイディをモデルとしていると思われるニーナ・ローランドは、ほぼ毎日を半病人として過ごしている。彼女の戦争を理由とした「逃避」は、セイディと違って子供を産むことから、ではない。だが、ニーナの半病人としての生活は、母親であることから逃避している。娘の不可解な行動を理解することもせず、その問題を解決しようともしない。娘が自分を守ろうとしていることさえ理解せず、半病人として、守られるべき存在としてひっそりと生きていこうとしているのだ。

ヒルダ・アダムズは、ニーナの逃避という病を排除する。女性らしさを病気や弱々しさで表現するニーナは、軍隊的家庭性を見せるヒルダとは対極の位置にいるといえる。その点で二人の出会いは、両極にある二つの伝統的な女性らしさの概念の出会いでもある。ヒルダは、ニーナがハ[33]

ンセン病ではないことを知っていたにも拘わらず、彼女の自殺を止めようとはせず、彼女が自殺するに任せる。ヒルダのこの行動は、探偵として正しいものとはいえない。罪を犯した人間を探し出し、適切な罰を受けさせることが探偵の職務である。しかし、彼女の役割が家庭に、国家に巣くう悪を見つけ出し、それを排除することであるとするのであれば、正しい行動である。ヒルダは、ローランド家に健康を取り戻す。一家の平和を保ち、外へと拡大していく国家の動きを支えることのできるローランド家を作り上げる手助けをする。実際には、トニーは、結婚してローランド家から出ていくのであるから、ローランド家の健康を回復させることはできなかったといえる。しかし、トニーが夫を戦争に送り出す家庭を作りあげる手助けをしたのである。ローランド家は崩壊する他はないが、ヒルダは新しい正しいアメリカの家庭が作られる手助けをする。つまり、ヒルダは従軍せずとも、戦争努力に貢献するのだ。

看護師探偵たちが戦争に行けないことを嘆くこの二つの作品では、サラ・キートもヒルダ・アダムズも看護師として、そして探偵として、それぞれの家の異質な分子、健康なアメリカの家庭を築くために不必要な要素を排除することによって解決をもたらす。健康な家庭を脅かす要素――アメリカの家庭に外から入り込み、自立した個人としての生を妨げる脅威や、またはアメリカの家庭の内部に巣くう脅威――を、サラとヒルダは見つけ出し、排除する。個人の家において看護師として働く彼女たちは、他人の家庭の内で健康な家庭を作りあげる手助けをして、戦争に兵士を送り出させるという、間接的な国家への奉仕を行っているのだ。

V．まとめ

自分の「家庭」を持たず、他人の家庭で働くサラ・キートとヒルダ・アダムズは、仕事を通して幸福な家庭を作り上げる助けを行っている。第二次世界大戦のさなかを舞台とする犯罪小説において家庭の内に潜む犯罪を捜査する看護師探偵の物語は、自分の身代わりのような、または娘のような女性の幸せな結婚をお膳立てする物語でもある。セイヤーズはロマンスが探偵たちに関わって描かれることは、物語の発展を邪魔することになると言ったが、看護師探偵たちは他者のロマンスを手助けする役割に徹することによってその危険を回避している。そして、自分たちのものではないロマンスの成就は、彼女たちの物語を終わらせることはない。二〇世紀初頭に多く書かれた若い女性たちの探偵が結婚という結末によって、その物語を閉じることになるのに対し、看護師探偵は結婚をしないことによって冒険の終わりを回避している。ロマンスの回避は終結の回避でもある。

彼女たちはジェンダーロールの越境をしながらも、ジェンダーロールに忠実でもある。看護師として戦争の前線に行くことができない彼女たちは、家庭の前線において探偵として任務を果たす。彼女たちは女性の居場所とされる場所にいて、女性のすべきこととされることをする。だが、それは自分の家庭ではない。彼女たちは家に平和を取り戻すという意味で、「女性らしい」役割を「女性らしくない」探偵という仕事をすることによって成し遂げる。女性の居場所とされてはいるものの、本来あるべきではない立場——看護師として、探偵として——において、彼女たちは犯罪を解決し、家庭に平和をもたらしているのだ。

註

（1）一九七〇年代に現れたハードボイルド女性探偵としては、P・D・ジェイムズのコーデリア・グレイ（全二作）、マルシア・ムラーのシャロン・マッコーン（現在まで三五作）がいる。

（2）スー・グラフトンによるキンジー・ミルホーンが活躍する「アルファベット・ミステリー」は一九八二年の『アリバイのA（*A Is for Alibi*）』から二〇一七年の *Y Is for Yesterday* まで二五作が出版されている。

（3）サラ・パレツキーによるV・I・ウォーショースキーのシリーズは一九八二年の『サマータイム・ブルース（*Indemnity Only*）』を皮切りに、二〇二二年までに二一作が出版されている。

（4）原題はそれぞれ以下である。*The Experiences of Loveday Brooke, Lady Detective* (1894) by Catherine Louisa Pirkis, *Lady Molly of Scotland Yard* (1910) by Baroness Emma Orczy.

（5）ラインハートの〈ヒルダ・アダムズ〉シリーズは、短編の "The Buckled Bag" (1914), "Locked Doors" (1914), 長・中編の *Miss Pinkerton* (1929), *The Haunted Lady* (1942), *The Secret* (1950) の全五作

で、エバハートの〈サラ・キート〉シリーズは *The Patient in Room 18* (1929), *While the Patient Slept* (1930), *The Mystery of Hunting's End* (1930), *From the Dark Stairway* (1931), *Murder by an Aristocrat* (1932), *Wolf in Man's Clothing* (1942), *Man Missing* (1953) の全七作である。

（6）*While the Patient Slept*, Mignon G. Eberhart, p. 58.

（7）レイモンド・チャンドラーは「殺人のシンプルな技巧」"The Simple Art of Murder" において、「しかし、男は彼自身危険ではなくても、危険な街（mean streets）を行かなくてはならない。彼自身は汚れてもいないが、怯えてもいない」(p. 237) として、探偵の居場所を危険な街としている。

（8）大都市と探偵という関係には多くの考察がされてきており、特にヴァルター・ベンヤミンの議論を中心に一九世紀の大都市の生成と探偵の関係に強い関係があるとされている。また一方で、ジェンダーとの関わりについて考えるとこの都市と探偵の議論は非常に示唆に富むものであるが、ここでは特に議論しない。

（9）一八七三年にアメリカで設立された看護学校は、The Bellevue Training School for Nurses in NYC, the New Haven Hospital in Connecticut, the Boston Training School for Nurses at Massachusetts General Hospital の三校である。

（10）*The Education of Nurses*, Isabel Maitland Stewart, p. 47. メイトランドが引用しているナイチンゲールの言葉、「行動の領域」は *Suggestions for Thought by Florence Nightingale: Selections and Commentaries*, edited by Michael D. Calabria and Janet A. Macrae, p. 113 に見られる。

（11）悪名高い「ニュー・ウーマン」小説、『行動した女性』*The Woman Who Did* で知られるグラント・アレンの最後の作品である『ヒルダ・ウェイド』は、最後の章をアレンのアイデアを聞いてコナン・ドイルが書き上げたことが知られている。

（12）*From Spinster to Career Woman*, Arlene Young, p. 83.

（13）ヘレン・D・ボイルストン著の〈スー・バートン〉シリーズは一九三六年の *Student Nurse* を皮切りに全七作が出版された。一方ヘレン・ウェルズ著の〈チェリー・エイムス〉シリーズは、一九四三年から一九六八年まで全二七作が出版されている。

（14）*Miss Pinkerton*, Mary Roberts Rinehart, p. 95.

（15）"Locked Doors," Rinehart, p. 58.

（16）ドロシー・L・セイヤーズは「犯罪オムニバス」"The Omnibus of Crime" の中で犯罪小説に対する全体的な議論をしており、女性探偵に関する部分はほんの一部である。

（17）*Daring to Care*, Susan Gelfand Malka, pp. 4-5.

（18）犯罪小説に現れる探偵たちは、七〇年代以降に現れるハードボイルド女性探偵たちまでは、比較的ヴィクトリア朝的価値観を体現するキャラクターたちが多かったといえる。その理由の一つは、多くの推理小説シリーズが息が長く、二〇世紀初期に登場した探偵たちが五〇年代から六〇年代、ミス・マープルに至っては七〇年代まで活躍したこともあるだろう。犯罪小説においても、ヴィクトリア朝的価値観が終焉するのは、第二波フェミニズムを待つ必要があった。

（19）*Mrs Beeton's Book of Household Management*, Mrs Beeton, p.7.

（20）*Uneven Developments*, Mary Poovey, pp. 170-71.

（21）*Sensational Designs*, Jane Tompkins, p. 144.

（22）"Manifest Domesticity," Amy Kaplan, p. 585.

（23）"American Women in the War," Eleanor Roosevelt, pp. 42-44.

（24）"foreword," *Your Share: How to Prepare Appetizing, Healthful Meals with Foods Available Today*.

（25） *Wolf in Man's Clothing*, Eberhart, p. 34.
（26） Ibid., p. 52-53.
（27） Ibid., p. 222.
（28） *The Secret*, Rinehart, p. 149.
（29） Kaplan, p. 602.
（30） *The Secret*, Rinehart, p. 167.
（31） Roosevelt, p. 43.
（32） *My Story*, Rinehart, p.14.
（33） 病弱さがヴィクトリア朝的女性らしさの一つの形であったことを研究したものに *Invalid Women* (1993) by Diane Price Herndl, *Death Becomes Her* (2008) edited by Elizabeth Dill and Sheri Weinstein, *The English Malady* (2008) edited by C. Glen Colburn, *Representations of Death in Nineteenth-Century US Writing and Culture* (2007) by Lucy E. Frank などがある。

引用文献

Allen, Grant. *Hilda Wade: A Woman of Tenacity of Purpose. Two Detectives: Miss Cayley's Adventures / Hilda Wade*, Coachwhip, 2012. pp. 233-477.

Beecher, Catherine E. and Harriet Beecher Stowe. *American Woman's Home*. Stowe-Day Foundation, 1985.

Beeton, Isabella Mary. *Mrs Beeton's Book of Household Management*. Oxford UP, 2000.

Calabria, Michael D. and Janet A. Macrae, editors. *Suggestions for Thought by Florence Nightingale: Selections and Commentaries*. U of Pennsylvania P, 1994.

Chandler, Raymond. "The Simple Art of Murder." *The Art of the Mystery Story: A Collection of Critical Essays*, edited by Howard Haycraft, Carroll & Graf, 1974, pp. 222-37.

Eberhart, Mignon G. *While the Patient Slept*. U of Nebraska P, 1995.

————. *Wolf in Man's Clothing*. U of Nebraska P, 1996.

Kaplan, Amy. "Manifest Domesticity." *American Literature*, vol. 70, No. 3, 1998, pp. 581-606.

General Mills, Inc. *Your Share: How to Prepare Appetizing, Healthful Meals with Foods Available Today* (a Betty Crocker Cookbook). 1943.

Malka, Susan Gelfand. *Daring to Care: American Nursing and Second-Wave Feminism*. U of Illinois P, 2007.

Poovey, Mary. *Uneven Developments: The Ideological Work of Gender in Mid-Victorian England*. U of Chicago P, 1988.

Rinehart, Mary Roberts. "Locked Doors." *Miss Pinkerton: Adventures of a Nurse Detective*, Rinehart & Co, 1959, pp. 55-92.

————. *Miss Pinkerton*. *Miss Pinkerton*, pp. 93-235.

————. *My Story*. Cadmus Books, 1931.

————. *The Secret. Episode of the Wandering Knife*. Dell, 1961, pp. 149-256.

Roosevelt, Eleanor. "American Women in the War." *The Reader's Digest* 44, 1944, pp. 42-44.

Sayers, Dorothy L. "The Omnibus of Crime." *The Art of the Mystery Story*, edited by Howard Haycraft, Carroll & Graf, 1983, pp. 71-109.

Stewart, Isabel Maitland. *The Education of Nurses: Historical Foundations and Modern Trends*. 1943. Routledge, 2009.

Tompkins, Jane. *Sensational Designs: The Cultural Work of American Fiction*, 1790-1860. Oxford UP, 1985.

Young, Arlene. *From Spinster to Career Woman: Middle-class Women and Work in Victorian England*. McGill-Queen's UP, 2019.

（Eihosha, 2002）、（編著）『イギリスの詩を読む——ミューズの奏でる寓意・伝説・神話の世界』（かもがわ出版、2016年）

西垣　佐理（にしがき　さり）

近畿大学農学部准教授。関西学院大学大学院文学研究科博士課程後期課程修了。博士（文学）。専門は19世紀イギリス小説・文化。

主要業績：（共著）*Dickens and the Anatomy of Evil: Sesquicentennial Essays*（アティーナ・プレス、2020年）、（共著）『創立30周年記念　比較で照らすギャスケル文学』（大阪教育図書、2018年）、（論文）「『秘密の花園』にみる子どものナーシング・ナラティブ」（『近畿大学教養・外国語教育センター紀要（外国語編）』第10巻第2号、2019年）

中川　千帆（なかがわ　ちほ）

奈良女子大学研究院人文科学系准教授。アリゾナ州立大学英文学科Ph.D.コース修了。Ph.D.（English）。専門はアメリカ文学、ゴシック小説・犯罪小説。

主要業績：（共著）『怪異とミステリ』（青弓社、2022年）、（論文）「ヴァンパイアの憂鬱にみる作者性と匿名性の美学」（『ユリイカ』2017年8月号）、（論文）“Inheriting the Nation: Seishi Yokomizo’s Postwar Novels”（*Clues: A Journal of Detection*, vol. 32, no. 2, 2014）

執筆者紹介

竹山　友子（たけやま　ともこ）

関西学院大学文学部教授。広島大学大学院文学研究科博士課程後期修了。博士（文学）。専門は初期近代イギリス詩。

主要業績：（単著）『書きかえる女たち――初期近代英国の女性による聖書および古典の援用』（春風社、2022 年）、（共著）『十七世紀英文学における生と死』（金星堂、2019 年）、（論文）“Eliminating Womb in the Countess of Pembroke's *Psalmes*”（*Notes and Queries*, vol. 63, no. 3, 2016）

前原　澄子（まえはら　すみこ）

武庫川女子大学文学部教授。関西学院大学大学院文学研究科博士課程後期課程修了。博士（文学）。専門は初期近代イギリス演劇。

主要業績：（単著）*Festive Romances in Early Modern Drama――Nostalgia for Ancient Hospitality and Wish-fulfillment Fantasy in Mobile Society*（関西学院大学出版会、2009 年）、（共著）『魅力ある英語英米文学――その多様な豊饒性を探して』（大阪教育図書、2022 年）、（共著）『シェイクスピアとの往還――日本シェイクスピア協会創立六〇周年記念論集』（研究社、2021 年）

齊藤　美和（さいとう　みわ）

奈良女子大学研究院人文科学系教授。奈良女子大学大学院人間文化研究科博士後期課程単位取得満期退学。博士（文学）。専門は初期近代イギリス文学。

主要業績：（単著）『記憶の薄暮――十七世紀英国と伝記』（大学教育出版、2018 年）、（単著）*Political Lamentation: The Funeral Elegy in Early Modern England, 1603-1660*

ジェンダーロールの呪縛と越境

2023年11月20日　印　刷　　2023年12月5日　発　行

著　者© 竹山友子
前原澄子
齊藤美和
西垣佐理
中川千帆

発行者　佐々木元

発行所　株式会社 英宝社
〒101-0032 東京都千代田区岩本町 2-7-7 第一井口ビル
☎［03］(5833) 5870　Fax［03］(5833) 5872

ISBN 978-4-269-72145-6 C3098
［組版/製版・印刷/製本　モリモト印刷株式会社］